KB116468

벌레11호

여정
시집

문예
중앙
시선
002

벌레 11호

여정
시집

문예
중앙

시인의 말

　대부분일천구백구십팔년에서이천사년사이에지면을통해꿈틀댔던벌레들을모았다벌레들의집꿈틀꿈틀꿈틀꿈틀꿈틀꿈틀꿈틀꿈틀꿈틀꿈틀대는나는벌레들의먹이에불과했다고마움도미안함도벌레들에게먹혀버렸으니그누구에게도마음을전할수가없다나는주절주절주절주절주절주절주절주절주절주절대는한마리벌레가되었다하지만언젠가한번쯤은마음을나누는사람이고싶다

차례

I부

자모의 검　12

칼질　14

좌석버스 안에서　16

……〈레드 바이올린〉을 되감으며　17

달아나다　18

필락 말락 해바라기氏　20

고정된 사내　21

질긴 안개　22

모자 속의 산책　24

어머니와 경비행기　26

어느 나뭇잎의 노래　27

쥐며느리　28

늙은 방　30

모텔선인장　31

달과 나무　32

2부

아버지께 감사를…… 34

게맛살 35

네게 거짓말을 해봐?! 36

음식환상 38

식탁에 박힌 눈알들 40

기름보일러는 돌아가고 42

아버지 가방에 들어가신 날 44

사막과 섬을 잇는 낙타 46

카멜레온 47

암치질이 밖으로 나오고 있었다 48

선글라스를 낀 황금박쥐 50

新토끼전, 동화 속에서 길을 잃다 52

인형의 방 54

자화상 56

피노키오 2세의 자기진술서 58

3부

새앙쥐 62

원룸 64

망막일기 65

비가, 66

자판기 앞에서 67

가끔 머리를 묶는다 68

꽃/똥 70

쥐와 쥐 72

셋방에는 74

봉산동 붕어 76

혼혈아 78

하루살이 백수 79

미완의 노을 82

지하철((지옥철)) 84

((悲)) 86

4부

벌레 11호   90

눈이 아픈 아이를 위한 랩소디   92

깡패, 정의의 사자, 막다른 골목, 그리고 I   94

모니터에 비친 자화상   96

21C 콜로세움   98

케이블 가이   100

애인 13호   102

ACE침대 위의 ♌우   104

바코드機우를 위한 랩소디   106

콘센트우의 하루   108

빈집   110

아기 5호, 그룹사운드 베이비파워, 그리고……   112

베이비스토어에서 생긴 일   114

897살 먹은 사내와 자판기월드   117

아니,   120

해설   환상수난곡 · 강동호   123

일러두기

한 연이 첫 번째 행에서 시작될 때는 > 로 표시합니다.

1부

자모의 검

혹자가 말하길, 입속은 자객들의 은신처란다. 그들이 즐겨 쓰는 무기는 '영혼을 베는 보검'으로 전해오는 자모의 검이란다. 을씨년스런 날이면 자객들은 검은 말을 타고 허허벌판을 가로질러 어느 심장을 향해 힘차게 달려간단다. 천지를 울리는 말 발굽소리, 어느 귓가에 닿으면 그들은 어김없이 이성의 칼집을 벗어던지고 자모의 검을 빼어 든단다. 바람을 가르는 소리, 한 영혼의 목을 뎅거덩 자르고 나면 자객들은 섬뜩한 미소로 조의금을 전하고 또 다른 심장을 향해 말 달려간단다. 그날에 귀머거리는 복 있을진저, 자객들의 불문율에 있는 '귀머거리의 목은 칠 수 없다'는 조항에 따름이라.

혹자가 말하길, 자모의 검에 찔린 사람들은 귀부터 썩어간단다. 귀가 썩고, 뇌가 썩고, 심장이 썩고, 썩고 썩어 생긴 가슴의 커다란 구멍으로 혹한기의 바람이 불어대고 수많은 까마귀 떼의 날갯짓이 장대비처럼 내린단다. 그 부리에 생살이 뜯기고 새하얀 뼈를 갉히며 그렇게 순식간에 사라져버린단다. 그날에 수다쟁이는 화 있을진저, 더 많은 까마귀 떼를 불러들임이라.

  자객들의 말 발굽소리 요란한 날이면 너희들은 하던
일을 멈추고 두 손으로 귀부터 틀어막고 묵직한 바위 뒤
에 숨어 최대한 몸을 낮춰라. 그리하면 자객들이 탄 검은
말들이 너희를 비켜가리니 자모의 검일망정 결코 너희
를 뚫치 못하리라. 귀 있는 자들은 들어라. 이 말로 더불
어 너희가 그날에 '복 받았다' 일컬음을 받을지니 부디
그날에 너희에게 복 있을진저, 혹자의 말이니라.

칼질

나는 그녀의 손을 꼭 거머쥐고 지하 레스토랑으로 들어간다

나는 돈까스, 그녀는 비후까스
메뉴판이 우리를 조금 갈라놓는다
하지만,
우리는 똑같이 수프를 떠먹는다

나는 돈까스, 그녀는 비후까스
수프를 담았던 빈 접시가 우리를 조금 더 갈라놓는다
나는 돈까스 위에 그녀를 살짝 올려놓는다
그녀는 비후까스 위에 나를 살짝 올려놓는다
나는 왼손으로 고기를 누르고 오른손으로 고기를 자른다
그녀는 오른손으로 고기를 누르고 왼손으로 고기를 자른다
나는 6번의 칼질로 그녀를 19조각 낸다
그녀는 5번의 칼질로 나를 16조각 낸다

하지만,
우리는 중간중간 똑같이 샐러드를 먹는다

나는 커피, 그녀는 주스
음식을 담았던 빈 접시가 우리를 완전히 갈라놓는다

나는 오른손으로 사막의 태양이 이글거리는 블랙커피
를 마신다
그녀는 왼손으로 남극의 빙산이 둥둥 떠 있는 오렌지
주스를 마신다
하지만,
우리는 더 이상 똑같이 먹을 음식이 남아 있지 않다

나는 그녀를 자리에 두고 카운터로 가서 음식값을 치
른다
나는 그녀를 자리에 두고 지하 레스토랑 계단을 오른다

좌석버스 안에서

전봇대, 가로등, 그녀 다시

전봇대, 전봇대, 가로등, 그녀 다시

가로수 하나, 둘, ……, 그녀 다시

그녀가 나타나면 흐려지는 풍경, 다시

세피아, 액센트, 누비라, 무쏘, 그녀 다시

그녀 다시, 그녀 다시, …………

그녀가 나타나면 사라지는 풍경, 다시

⋯⋯〈레드 바이올린〉을 되감으며

둥근달 속에서 버스가 덜컹거린다. 달빛이 너무 붉다. 버스가 덜컹거린다. 먹구름이 둥근달을 집어삼키고 있다. 둥근달이 잠시 바이올린으로 떠 있다가 먹구름 속에서 피를 토한다. 사람들이 붉게 젖어간다. 길들이 붉게 젖어간다. 버스가 덜컹거린다. 만삭의 여인이 덜컹거린다. 바이올린을 들고 있던 아이가 바이올린과 함께 쓰러진다. 쓰러져서도 덜컹거린다. 붉게 젖은 사람들이 허겁지겁 버스에 오른다. 아이를 밟고 바이올린을 밟고 허겁지겁 버스에 오른다. 바이올린에 피가 스며들고 있다. 버스가 덜컹거린다. 뱃속에 있는 아기도 덜컹거린다. 창밖에는 아직도 피가 내리는데, 바닥에 떨어진 바이올린을 주워들고 바이올린의 귀신 파가니니가 4옥타브를 넘나드는 연주를 한다. 4옥타브의 음들이 피를 토하며 흘러나온다. 버스가 덜컹거린다. 만삭의 여인이 배를 부둥켜안고 바닥에 쓰러진다. 쓰러져서도 덜컹거린다. 버스가 낭떠러지로 굴러 떨어진다. 버스 위로 붉은 흙들이 흘러내린다. 붉은 흙들이 쌓여간다.

달아나다

달아 나다. 네 옆에 있는 어둠이다. 달아 나다. 너를 키워낸 엄마다. 자궁 속은 늘 어두운 법, 그 법 속에 우리가 산다. 산다는 건 어쩌면 뿌연 안개 속에서 달아날 구멍을 찾는 것, 구멍은 늘 무덤 가까이 있다. 탈출자의 명단이 거기 새겨져 있다. 달아, 나 오늘 탈출자의 뒤를 밟아봤다. 어둠에 젖은 길을 지나 안개 속을 헤집고, 쏙 사라져버린 그 넓은 보폭과 그 빠른 걸음에 매달려봤다. 하지만,

달아 나다. 네 옆에 있는 헛수고다. 탈출자가 벗어놓은 가죽옷을 들고 울고 있는 네 탯줄이다. 새까만 네 양분이다. 탈출자는 항상 우리 반대편에 서서 언제나 밝고 자유롭다. 가죽옷과 함께 배꼽을 두고 간 그들이 나비처럼 너울대고 너울꽃이 된다. 너울꽃은 고아 아닌 고아다. 그 고아는 방실 웃으며 방실내를 풍긴다. 하지만 벽 하나,

달아 나다. 여기는 어둠의 쇼윈도다. 너는 노오란 백열등이다. 너는 밤마다 노오란 울음을 터뜨리며 내 자궁 속에서 디스플레이된다. 네 노오란 울음도 어쩌면 디스플

레이다. 어쨌든 너는 내 아기, 내 희망, 내 구멍이다. 내 어둠의 옷을 무덤 옆에 벗어두고 달아날 그 구멍, 그 구멍으로 비쳐드는 세상이 밝게 흔들리고 있다.

필락 말락 해바라기氏

한 사내가 귀를 잘랐다. 바닥 가득 붉은 카펫을 깔았
다. 귀가 잘린 자리에서 해바라기가 노란 비명을 지르며
달려 나왔다. 그의 집이 노랗게 노랗게 물들었다.

귀가 가렵다. (노란 비명을 타고 그의 집에 가다 노란
문을 열고 안으로 들어가다 그의 퀭한 눈 속으로 들어가
다 서로의 귀를 잘라주다 노란 비명이 싹둑싹둑 솟구치
다 해바라기가 뭉텅뭉텅 피어나다)

나는 해바라기씨를 샀다. 아니 해바라기씨가 나를 낚
아챘다. 아니 내 귀가 해바라기씨의 미끼를 물었다. 아니
해바라기씨가 내 귀를 타고 몸속으로 들어왔다. 아니 해
바라기씨의 그물망 속에서 내 마른 몸을 뒤척였다. 아니,

여전히 귀가 가려운 밤이다. 여전히 가위를 들었다 놨
다 하는 밤이다. 여전히 가위의 쇳소리만 반달의 등을 긁
어대는 밤이다. 여전히 빈센트가 웃고 있다.

고정된 사내

벽에 붙박인 그 사내는 사각의 틀 속에 갇혀 정육점의 고기마냥 걸려 있다. 머리 윗부분이 잘린 오른쪽 귀가 잘린 그는 시선을 왼쪽 아래에 두고 눈동자를 움직이지 않는다. 입술에는 초승달을 베어 물고 왼쪽 새끼손가락에는 링반지를 끼고 턱을 괴고 있다. 링반지 속에는 그 사내의 영혼 같은 한 여자가 가루가 되어 섞여 있다. 그 사내는 하반신이 없다. 그녀에게 갈 수 있는 길은 하반신과 함께 사라졌고 그녀 또한 그 길과 함께 사라졌다. 그는 늘 벽에 붙박여 꿈결 같은 그 길을 그녀와 함께 걸었던 그 마지막 길을 다시 거닐곤 한다. 그 길에는 풀냄새가 초록초록 싱그럽고 그녀의 젖빛 살냄새 또한 향긋하다. 간혹 그 사내가 뜬눈으로 가위에라도 눌리는 날이면 도로를 이탈한 트럭이 풀들을 짓누르고 그녀의 젖빛 살냄새를 붉은 피로 물들이며 달려온다. 그럴 때면 풀들조차 비명과 함께 하반신이 잘려나간다. 그런 날이면 벽에 붙박인 그 사내의 고정된 두 눈 속에서 피눈물이 마른 나뭇가지 꺾이는 소리를 내며 흘러나오고 그 사내가 붙박인 그 벽조차 붉게 붉게 물들어 노을이 된다.

질긴 안개

안개가 한 여인을 불러왔다.

길이 사라지던 그날, 그녀를 안개 속에 버렸다. 그녀의 눈물은 진드기처럼 내 발목을 잡았고 나는 그녀의 손목을 힘껏 내리치고 뛰었다. 비명이 하얀 옷을 입고 내 뒤를 쫓았다. 나는 재빨리 방 안으로 들어가 방문을 닫았다. 불을 껐다.

어둠이 안개를 몰아냈다.

그녀는 창가를 서성이며 미친개처럼 짖었다. 허연 거품을 물었다. 구급차가 달려와 그녀를 싣고 창에서 점점 멀어져갔다.

다시, 길이 열렸다.

길을 걸을 때마다 사람들의 시선이 자꾸 내 발목을 향

했다. 거기에는 발자국을 지우며 질질질 끌려오는 잘린 손 하나가 내 발목을 꽉 움켜잡고 있었다.

모자 속의 산책

모자 속의 겨울은 너무 길다.

겨울 입구 ― 말라깽이가 된 태양이 시퍼런 하늘에 누워 있다. 바람의 호스를 따라 항암제가 흐른다. 머리칼이 몽땅 빠진 나무가 사지를 비틀며 별을 바라본다. 별은 너무 멀리 있다. 까마귀 떼가 몰려와서 가지 위에 내려앉는다. 가지는 무거워 몸을 축 늘어뜨린다. 어머니의 눈 속에서 노을이 붉어진다. 붉은 노을 사이로 한 여자가 걸어간다. 그녀의 몸은 반쪽이다. 반쪽은 무덤가에 있다. 별이 먹구름에 가려진다.

겨울 ― 벽 벽 벽 벽, 벽이 솟는다. 나무의 키가 점점 줄어든다. 비둘기들도 나무를 외면하고 건물 위에 둥지를 튼다. 다리가 무너진다. 세상 소식이 끊긴다. 길들이 얼어붙는다. 얼어붙은 길 위에 눈사람 하나 놓여 있다. 코도 삐뚤 입도 삐뚤 눈도 삐뚤 삐뚤인 인생이 하나 놓여 있다. 어머니는 두 눈 속으로 나무를 옮겨 심는다. 나무 위에 따스한 햇살이 내린다. 하늘보다 더 푸른 웃음이 쌓여간다.

　겨울 출구 — 목련의 하얀 힘줄이 불거진다. 봄이 하얗게 오려다 주춤주춤 허물어진다. 허물어지는 은박 사이로 즉석복권의 행운숫자가 빗나간다. 굵은 햇살이 눈사람의 살을 긁어댄다. 하얀 살에서 투명한 피가 솟는다. 나는 눈사람을 커다란 냉동실에 집어넣는다.

　모자 밖의 계절은 지칠 줄 모르고 달려간다. 네 명의 주자가 바통을 주고받으며 여전히 트랙을 돌고 있다.

어머니와 경비행기

아버지는 기차
어머니는 플랫폼
형은 여전히 기차 여행 중

플랫폼에 경비행기 추락
나는 생존자
플랫폼은 복구되지 않고

비켜가는 기차
구름처럼 떠다니는 플랫폼
나는 아슬아슬한 잎새

잎새를 갉아먹는 아버지

나는 경비행기
그녀는 구름처럼 떠다니는 플랫폼
기차의 속력에 아슬아슬한 잎새, 자지러지는 내 아이

어느 나뭇잎의 노래

햇살이, 햇살이 내리쬘 때마다
나는 너무 미안했다
너도 나도 다 같은 초록인데
내 등 뒤로 흘려보낸
큐티클層의 그 은빛 환희만큼의 그늘이
나는, 나는 너무 미안했다
들풀들의 그늘진 얼굴이 떠올라, 이 서러운 광합성
겨울이 닥쳐오면 모두 무너져버릴 헛된 꿈인 것을
차라리, 햇살이 내 살에 구멍을 뚫고
숭숭숭 지나가버렸으면 좋겠다
뚫린 구멍으로 들려오는 들풀들의 밝은 웃음 속에서
나 그렇게 서서히 죽어갈 수 있다면……

쥐며느리

동그랗게 몸을 말아야 한다. 이제 그만 잠에서 깨어나야 한다. 정오를 가리키던 해시계도 해시계 위에 알록달록 핀 꽃도 그 꽃길 위에 새겨진 발자국도 고이 접어 이제 그만 일어나야 한다. 동그랗게 동그랗게 더 작게 몸을 말아야 한다. 잠에서 깨어난 이불처럼 방 한쪽 구석에 가지런히 현실로 뛰어들어야 한다.

내 몸만큼의 어둠을 끌어안는다. 가로등 하나 없는 길을 걸어간다. 내 몸만큼의 퀴퀴한 냄새가 나를 사로잡는다. 내 몸이 가벼워진다. 나는 방 한쪽 구석에 웅크리고 앉아 현실의 문을 두드리고 있다. 꽃핀다. 내 몸 가득 곰팡이꽃 핀다. 나는 지금 그 꽃길 위를 걸어가고 있다. 발자국이 새겨지지 않는 길 구두 밑창이 닳지 않는 길 나는 구두 위에 쌓인 먼지만큼 걸어가고 있다.

피곤하다. 이불을 펴듯 웅크리고 있던 몸을 편다. 드르릉 — 쿨쿨 구두 위에 쌓인 먼지를 털어낸다. 드르릉 — 쿨쿨 밖으로 나간다. 꿈길은 늘 대낮처럼 환하고 늘 여러

꽃들처럼 알록달록하다. 꿈길을 걸어가는 나는 늘 구름 위를 걸어가고 늘 바람 따라 움직인다. 바람이 내 등을 밀고 있다. 동상 걸린 발가락에 침을 놓듯 내 등을 찌르고 있다. 내 등에서 콕콕콕 피가 솟구친다.

이제 그만 잠에서 깨어나야 한다. 동그랗게 동그랗게 더 작게 꿈길을 접어야 한다. 꿈길에 난 발자국들을 지워야 한다. 방 한쪽 구석에 개어놓은 이불처럼 방 한쪽 구석에 웅크리고 앉아 동그랗게 동그랗게 더 작게 현실의 길을 걸어가야 한다. 발자국이 새겨지지 않는 그 길을 구두 밑창이 닳지 않는 그 어둠의 길을 동그랗게 동그랗게 더 작게 걸어가야 한다.

늙은 방

더 늦기 전, 늙은 방으로 들어가야 하는데, 잠든 어미의 품속으로 들어가 늘어진 세월 끝에 매달린 젖꼭지 만져봐야 하는데, 멀어진 어미냄새 가까이서 다시 맡으며 어미가 걸었던 수만 갈래 길 같은 주름을 바라봐야 하는데, 그 주름 속 아직 지지 않은 꽃송이 몇이나 될까 헤아려봐야 하는데, 늙은 방, 문은 늘 밖에서 닫혀 있고 나는 늘 문 앞에서만 서성이는데, 더 늦기 전, 늙은 방으로 들어가 어미의 가는 숨소리에 매달려봐야 하는데, 어미의 가랑이 사이로 고개를 들이밀고 들어가 어미의 귀로 듣는 새마을노래 다시 들어봐야 하는데, 어느새, 어미의 머리 위엔 허연 눈만 가득 쌓여 내 가슴속으로 조금씩 녹아들고 있는데, 더 늦기 전, 더 늦기 전에.

모텔 선인장

나는 사막
그녀는 게토레이
그리고 선인장

가시에 찔린 그녀
캔을 찌그러뜨리는 나
그리고 신기루

초승달은 보름달
보름달은 그믐달
살이 올랐다 다시 야위고

그녀는 낙타
나는 편의점
그리고 쪼그라드는 선인장

그리고
두 개의 해골바가지

달과 나무

…… 누렇게 뜬 얼굴로 긴 밤을 지새우는 달, 달달 떨며 야위어가는 나무를 바라보다 …… 수혈한다 …… 나무엔 혈색이 돌고 푸른 웃음이 돋는데, 달은 야위어가고 …… 호흡이 가쁜 달, 달달 떨며 점점 붉게 얼룩이 지는 나무의 푸른 웃음을 바라보는데, 나무는 결국 참았던 눈물을 흘리다 피눈물을 흘리다 …… 수혈한다 …… 달엔 혈색이 돌고 호흡도 다시 깊어지는데, 나무는 다시 야위어가고 …… 수혈한다수혈한다수혈한다 …… 수혈하며 돌고 도는 달과 나무의 끊임없는 그 춤을 …… 수혈한다

2부

아버지께 감사를……

아버지 보셔요. 저 새 집 위에도 바람이 스치고 금이 가고 허물어지고 이곳은 물고기의 뱃속이거나 신의 몸속이거나 우리가 살고 있는 이 지구는 소화액에 녹아내리는 음식물이거나 신의 커다란 고환덩어리이거나 우리는 성염색체이거나 갖은 양념이거나 신의 몽정 속에서도 ×빠지게 뛰어야 하는 우리는 뛰어봤자 벼룩이거나 棺 속의 시체이거나

아버지 감사해요. 이 썩어 문드러질 세상에 데려와주신 것 너무 감사해요. 또한 저에게 시계를 주시어 세 개의 바늘로 제 살을 할퀴게 하시고 죽음을 주시어 영원을 꿈꿀 수 있는 권리를 주시고 의식주로 망각의 열매를 맺게 하시어 여자와 더불어 나누어 먹게 하시고 즐기게 하시고 발자국을 남기게 하시어 다리를 썩게 하시고 썩으면서도 아픈 줄 모르게 하신 것 너무너무 감사해요. 아버지, 저의 감사가 아버지께 칼을 들이밀고 아버지의 생살을 찢어도 아버지 또한 즐거운 마음으로 저의 감사를 받으시길……

게맛살

게의 눈 속에서 갈매기의 날갯짓이 멈췄다

棺 속에 드러누워 있는 저 게는
껍질과 속살이 한 덩이로 썩어 문드러지고

먹는다
게걸음 치던 그날의 바다를
집어삼킬 듯 밀려오던 그날의 파도를

부패의 힘으로 맛을 냈다
가공의 바다
냉장실에서 유통기한이 지나버린 저 바다

기계들이 짠 게의 棺
온몸으로 棺이 된 게의 살

게의 살 속에 바다의 숨소리가 멎어 있다

네게 거짓말을 해봐?!

피노키오야, 피노키오야, 물고기 뱃속이 너무 어둡지 않니? 차라리 거짓말을 해버려. 어차피 뿌리 없는 날들. 네 코라도 키우렴. 거짓말은 네 코의 유일한 물과 양분. 어서어서 자라나 물고기의 살을 뚫고 밖으로 나오렴.

피노키오야, 바다가 무섭다고? 수많은 해골이 가라앉아 있는 바다가 무섭다고? 어차피 넌 뿌리 없는 나무. 가벼운 몸짓으로 파도를 타렴. 네 코엔 아직 생장점이 살아 있어 빛을 향해 달려가고. 어서어서 거짓말을 하렴. 어서어서 가라앉지 않게.

사람들이여, 피노키오가 살아 돌아왔어요. 어서 톱질을 시작해요. 긴 코를 잘라 집을 짓고 긴 코를 잘라 가구도 만들어요. 톱질에 맞춰 거짓말을 시켜요. 톱질에 맞춰 더 많은 거짓말을.

할아버지, 할아버지, 또 물고기 뱃속이에요. 이번 물고기 뱃속은 너무 넓어요. 끝이 없어요. 사람들은 모두 제

콧구멍 속에다 집을 짓고 제 콧구멍 속에서 먹고 마시고
즐겨요. 시집가고 장가가고 또 집을 짓고 도망가려 하지
않아요. 아무리 거짓말을 해도 닿지 않는 날들. 물고기
뱃속은 눈부시도록 환하기만 한데 자꾸 코가 간질거려
요. 자꾸 재채기가 나려고 해요.

음식환상

쪘거나 구웠거나
삶았거나 볶았거나
피가 없는 모든 음식에
시체 썩는 냄새 요란하다
(양념으로도 제거할 수 없는)

하얀 시트 위에
붉은 피로 얼룩진 나,
손도끼 하나 들고
이름 모를 밀림을 헤매인다

멧돼지 한 마리 달려간다
쫓아가서 손도끼를 던지다
명중시키다
아직 숨이 꿈틀대고 있다

마지막 숨을 몰아쉬며
멧돼지 한 마리 입속으로 달려온다

이빨의 덫에 걸려 붉은 피 질질 끌고
입가에 선혈의 발자국 남기고
(아, 내 입에 딱 맞는 뜨거움이여!)

밀림이 조그맣게 접히고
내 입에 딱 맞는 음식, 손도끼와 함께 사라진다
긴 식사시간이 끝나다
배가, 배가 너무 고프다
(실내에는 요리된 음식 냄새가 여운을 남기고)

시체 썩는 모든 냄새에 석유 냄새가 섞여 있다

식탁에 박힌 눈알들

식탁에 눈알들이 박혀 있다
아버지와 뼈다귀가 마주 앉아 식사를 하고 있다
식탁에 박힌 눈알들이 일제히 뼈다귀를 노려본다
아버지의 젓가락이 빠르게 움직이고 있다
뼈다귀의 젓가락은 느리게 움직인다
식탁에는 짐승들의 눈알도 있고 식물들의 눈알도 있다
            바다의 눈알들도 있고 허공의 눈알들도 있다
그 눈알들이 계속 뼈다귀를 노려보고 있다
아버지의 젓가락이 식탁 위에 놓여진다
식탁에는 빈 아버지와 빈 그릇만 남아 있다
뼈다귀의 젓가락이 조금 빠르게 움직인다
눈알들이 하나씩 사라지고 있다
뼈다귀의 젓가락이 조금 더 빠르게 움직인다
짐승들의 눈알도 식물들의 눈알도 모두 사라지고 있다
뼈다귀의 젓가락도 식탁 위에 놓여진다

식탁과 빈 그릇 사이, 아버지의 눈알 두 개가

온몸에 눈알들을 달고 사라지는 그 뼈다귀를 노려보고
있다

기름보일러는 돌아가고

방바닥에 드러누워 관을 따라 흐르는 물소리를 듣는다. 내 뇌는 물소리를 거슬러 나를 끌고 기름통으로 들어가고 나는 액이 된 주검들과 잠시 뒤섞이고 있다. 주검들이 방을 따뜻하게 하고 있다. 주검들이 집을 따뜻하게 하고 있다. 내 뇌는 주검들에 이끌려 식탁으로 나아가고 나는 잠시 식탁 위에 놓인 동식물의 주검들을 내려다본다. 주검들이 나를 배부르게 하고 있다. 주검들이 나를 따뜻하게 하고 있다. 내 뇌는 나를 공동묘지로 만든다. 내 뇌는 나를 수많은 주검들과 자꾸 뒤섞이게 만든다.

방바닥에 드러누워 보일러 돌아가는 소리를 듣는다. 온갖 주검들의 울음소리가 뒤섞이고 있다. 그 울음소리에 등은 따뜻하고 배는 부르다. 내 뇌는 내 방에 들어찬 온갖 사물들을 동식물의 주검으로 되살리고 있다. 내 방이 온갖 주검들로 꽉 채워진다. 주검들이 내 방을 꾸며주고 있었다. 주검들이 내 무료함을 달래주고 있었다. 내 뇌는 나를 공동묘지로 떠돌게 만든다. 내 뇌는 수많은 주검들을 불러내 나를 자꾸 두리번거리게 만든다.

>

    시체, 시체, 시체, 내 방에는 수천 년 전에 죽은 주검들과 얼마 전에 죽은 주검들이 갈가리 찢겨 뒤섞여 있고 나는 그 시체들을 입고 먹고 보고 즐기면서 잘도 돌아가고 있다. 내 뼈와 살에도 온갖 주검들이 갈가리 찢겨 뒤섞여 있고 내 뇌는 그런 나를 끌고 관을 따라 흐르는 물소리에 휩싸이게 만든다. 시체, 시체, 시체, 내 뼈와 살은 물소리에 점점 가루가 되어 흘러가고 내 뇌는 그런 내 뼈와 살에서 온갖 동식물의 주검들을 되살리며 관을 따라 잘도 돌아가고 있다.

아버지 가방에 들어가신 날

아버지 TV 앞에 찌그러져 깡통
코끼리를 담으려고 낑낑대던 울 아버지깡통
아버지를 밟고 간 코끼리발자국
납작납작 잘도 찌그러진 울 아버지깡통

아버지 가방에 들어가시다
『碑銘을 찾아서』와『우상의 숲』사이 울 아버지깡통
가방이 축축 늘어지다
내 구두를 질질 끌리게 하는 가방 속 울 아버지깡통

태초에 하나님이 반죽으로 사람을 빚어 붕어빵
엎치락뒤치락 금형의 틀에 맞게 잘 구워지는 울 아버
지붕어빵
뻐꿈뻐꿈 울 아버지붕어빵 뻐꿈뻐꿈 울아버지붕어빵
울아버지깡통

아버지깡통을 따고 아버지붕어빵을 뜯어먹다
야금야금 잘도 사라지는 울아버지붕어빵

＞

　난하얀붕어빵봉지난아버지깡통가방난아버지를밟고
간코끼리난납작납작찌그러뜨리는금형난야금야금울아
버지붕어빵을먹는난 — 내장은붕어빵바다내장은밀가루
파도치는내장은뼈꿈뼈꿈울아버지뼈꿈뼈꿈내장은

　온몸이 뜨겁다 숨을 헉헉대다 핑그르르 돌다 벽을 짚
다 그대로 굳어지다

　난 아버지 따라 찌그러져 깡통
　난 코끼리 따라 아버지를 밟고 간 구두발자국
　앙꼬가 듬뿍 든 구두발자국
　난 아버지 따라 찌그러져 다섯 개 천 원

사막과 섬을 잇는 낙타

낙타등 속의 물이 출렁일 때 사막에 강이 흐른다. 그
강은 사막을 가르는 칼이다. 칼이 스치고 간 자리마다 물
컹물컹 식물들이 솟아난다. 가지, 가지마다 주렁주렁 동
물들이 열린다. 열매 속에 사람들이 집을 짓는다. 잔디를
깐다. 스프링클러를 돌린다. 사막이 죽어 퍼렇다. 낙타가
흘러흘러 바다에 다다른다. 더 이상 밟을 모래가 없다.
낙타가 바닷속으로 들어간다. 고개를 처박고 바닷물을
마신다. 이 물은 너무 짜, 낙타가 등만 삐죽 내민 채 소금
기둥이 된다. 섬 한 마리.

카멜레온

잎새에 매달려 푸른 음계를 배운다. 나는 온몸으로 노래한다. 하지만 광합성을 할 수 없는 나, 나는 사시의 눈을 굴려가며 날벌레를 잡아먹는다. 사람들은 그런 나를 손가락질한다. 내 뿌리를 들먹거린다. 나는 그들에게 온몸으로 따져본다. 말이 자꾸 빗나간다. 그들은 내 긴 혀의 사정거리 밖에 서 있다.

변한다. 내 살은 딱딱하게 굳어 벽이 되고 나는 벽 속에 갇혀 웅크린다. 내 가슴속에서 가시가 솟아나고 나는 그 가시에 찔려 피를 흘린다. 태양과 달이 번갈아가며 내 살을 긁어댄다. 때론 바람이 내 살을 할퀴고 스쳐간다. 벽에 금이 간다. 나는 어떤 모양의 울음을 터뜨리며 이곳을 뛰쳐나갈지를 그려본다. 화석이 된 혀가 움직이지 않는다. 하지만 난 또 변할 수 있다.

암치질이 밖으로 나오고 있었다

밤하늘이 노랗게 물들어가고 있었다. 길은 점점 더 길어지고 식은땀은 자꾸 발목을 잡고 늘어진다. 그때, 폭주족들이 달을 뒤흔들며 지나간다. 그 속력에 밀려 별들이 꼬리를 길게 늘어뜨린다. 길을 감으며 무섭게 돌아가는 저 두 바퀴, 나를 매달고 영화관 안으로 들어간다.

영사기의 두 개의 릴이 돌아가고 있었다. 어둠을 찢으며 질주하는 한 가닥 불빛, 하나 둘 스크린으로 몰려든다. 건달들이 주인공인 세상, 붉은 피가 꽃처럼 피어나는 세상, 벗으면 벗을수록 시나리오대로 아름다운 세상, 카메라기법에 좌지우지 달라지는 세상, 폭주족들이 오토바이에 그 세상들을 집어넣고 다시 시동을 건다. 영화관을 뛰쳐나간다.

질주. 풍경들을 지우고 싶었다. 눈알을 깎아내며 더 빠른 속력으로 길을 당기고 싶었다. 어차피 소음뿐인 세상, 소음으로 소음들을 죽이며 한 가닥 길에 매달리고 싶었다. 어차피 일방통행뿐인 길들, 속력에 살점이 찢기고,

새하얀 뼈가 누렇게 변해 물이 되고 마는 질주.

　노랗게 물든 밤하늘이 소음을 집어삼키고 있었다. 길은 점점 더 길어지고 집은 점점 더 멀어져간다. 그때, 구급차가 달을 뒤흔들며 지나간다. 식은땀은 낡은 가죽구두와 함께 어기적어기적 길들을 당긴다. 구급차가 멈춰섰던 자리, 조그만 폐곡선 하나가 하얗게 그려져 있다.

　길은 피를 흘리고 있었다. 한때 살과 뼈였던 하얀 폐곡선을 드러낸 채 점점 얼룩지고 있었다. 피는 꽃처럼 피어나지 않는다. 그저 얼룩만 질 뿐, 비린내만 진동할 뿐, 암치질이 자꾸 밖으로 삐져나오는 길을 걷는다. 어둠을 찢으며 질주하는 한 가닥 가로등 불빛, 그 아래 비둘기 한 마리가 죽어 있었다. 그 위로 식은땀이 비 오듯 쏟아지고 집은 점점 더 멀어져간다.

선글라스를 낀 황금박쥐

아침햇살이 어둠을 깨고 있다. 동굴의 벽이 무너지고
있다. 황금구두를 신은 내가 황금동을 향해 걸어가고 황
금황금 걸어가고

은행나무들이 황금잎새를 떨구고 있다. 내 구두는 햇
살에 닳고 닳은 그 잎새들을 밟으며 걸어가고 있다. 마른
비명을 질러대는 그 잎새들이 내 발자국을 지워대고

있다없다 햇살 위를 질주하는 박쥐는 있다없다 내 눈
을 찔러대는 박쥐의 자장가는 있다없다 둥지를 짓는 박
쥐는 피를 빨아먹는 박쥐는 있다없다 있다없다 황금잎
새 위에 난 발자국은

머리가 아프다. 황금구두가 내 머리를 지끈지끈 밟으
며 걸어가고 내 몸엔 지끈지끈 구멍이 뚫리고 아침햇살
은 지끈지끈 비쳐들고

있다없다 황금동을 걸어가는 내가 있다없다 내 몸속엔

박쥐들이 있다없다 쥐도 새도 아닌 그 박쥐들이

  선글라스를 끼고 날아오르고 황금동이 시커멓게 물들
어가고 마른비명은 끊이질 않고 난 환한동굴 속을 걸어
가고

新토끼전, 동화 속에서 길을 잃다

아이들의머릿속에뒤죽박죽된토끼이야기

깊은산속옹달샘누가와서먹나요새벽에토끼가눈비비
고일어나세수하러갔다가물만먹고오는도중낯선거북이
를만난다거북이는토끼에게달리기경주를청한다달리기
에자신있는토끼는기꺼이경주에응한다결승점은제일높
은봉우리진자는이긴자의한가지소원을들어주어야한다
경주도중졸음을참지못한토끼가나무아래서잠을잔다이
틈을이용해거북이가먼저결승점에도착한다거북이는뒤
늦게결승점으로허겁지겁달려오는토끼를쳐다보며옹달
샘에수면제를넣은줄도모르고내기에응한토끼의순진함
을비웃는다토끼는거북이의소원대로용궁으로간다용궁
에서토끼는뜻밖의융숭한대접을받는다그러던어느날토
끼는용왕의부름을받고용왕앞에선다용왕은토끼에게간
을요구한다토끼는옹달샘에간을두고왔다는꾀로간신히
위기를모면한다하지만이말을믿지못하는용궁의과학자
들이토끼의눈속에빨간렌즈의추적장치를집어넣는다거
북이는토끼와함께간을가지러다시육지로간다육지에도

착하자마자토끼는거북이를꾸짖고산속으로멀리달아난다거북이는허탈한심정으로용궁으로되돌아간다거북이는용왕앞에엎드려이실직고한다용왕은토끼의잔꾀에속은자신의어리석음을탓하며마지막방편으로닌자거북이들을총출동시킨다육지로나온닌자거북이들이추적장치기를작동한다하지만추적장치기에토끼의그림자가나타나지않는다당황한닌자거북이들이산속다른짐승들에게토끼의행방을수소문한다수소문에의하면새벽에토끼가눈비비고일어나애인과함께달나라로도망갔다는것이다해변모래사장에는목을길게늘인닌자거북이들이물끄러미보름달을바라보고있다보름달속에는두마리의토끼가다정스레절구를찧고있다그절구질에바다에는파도가일기시작한다

어른들은아이들의머릿속에점점더큰용량의하드디스크를달아준다

인형의 방

태양이 빛을 잃었다. 달은 너무 멀리 있다. 짐승들이
비린 내장을 들어내고 부드러운 솜털로 속을 채웠다. 나
무들은 광합성을 하지 않고도 살아남는 법을 배웠다. 굳
은 열매들이 그 가지 끝에 매달렸다. 사람들은 인형이 되
어 낙엽처럼 나뒹굴고 있었다.

밤이 와도 달은 먹구름 속에만 갇혀 있었다. 노란 비명
조차 새어나지 않았다. 인형들이 어둠을 타고 내 방으로
숨어들었다. 발자국마저 부드러운 소리를 냈다. 나는 방
한구석에 헝겊뭉치처럼 버려져 있었다. 인형들이 몰려
와 내 살을 찢어댔다.

인형들이 내 피를 뽑아내고 내장을 들어냈다. 성대를
울리던 비명마저 입안에서 딱딱하게 굳어버렸다. 내 방
은 비린 냄새로 가득 찼고 내 속은 솜털로 가득 찼다. 나
는 인형들의 인형이 되어 가벼워진 몸으로 누워 있다. 일
으켜 세우면 눈을 뜨고 누이면 눈을 감는 내 어린 날의
그 플라스틱 인형처럼 언제나 미소를 머금고 있다.

>

내 눈꺼풀이 걷히는 밤이면 굳은 달이 노란 비명을 토해낸다. 달은 빛을 내지 못하고 비명은 노란 헝겊에 갇혀 굳어 있다. 나는 빛 한 점 새어들지 않는 혹은 새어나지 않는 방에 서 있다. 그래도 미소만은 잃지 않는다.

자화상

동그라미는 내 얼굴

눈을 세 개 그린다
(이마에 부록 같은 눈을 하나 더 그렸다)

귀를 그린다
(왼쪽 귀는 로봇 찌빠의 귀처럼 파리채같이 그렸다)
((머리에 파리들이 날아드는 날이면 왼쪽 귀를 쑥 뽑아 파리를 잡을 마음으로))

코를 그릴까 말까 망설인다
(나는 냄새를 맡지 못하니까 그리지 않기로 했다)

입술을 그린다
(두 입술 사이에 지퍼를 그려 넣었다)

연필을 놓고 그림을 바라본다
(동자가 없는 세 개의 눈이 허전했다)

책꽂이를 바라본다

『창비시선 158‖눈물 속에는 고래가 산다』가 눈에 들어온다

다시 연필을 든다

(세 개의 눈 속에 세 마리의 고래를 거꾸로 그려 넣었다)

물줄기를 그릴까 말까 망설인다

(머릿속에 대양이 들어선다 고래가 포유류 하며 헤엄치다가 대양을 끌고 사라진다)

((머릿속에 양수가 들어찬다 태아가 고래처럼 잠수하고 있는,))

도화지가 자궁 같다

연필을 놓고 지우개를 집어든다

지울까 찢을까 잠시 망설인다

피노키오 2세의 자기진술서

저는 아버지 피노키오와 어머니 거짓말 사이에서 태어
난 목각인형이에요. 어머니는 오르가슴을 위해 아버지
에게 계속 거짓말을 시켰고 총각인 아버지는 그게 사랑
이라 믿으며 계속 몸을 허락했어요. 그러던 어느 날 아버
지는 덜컥 임신을 해버렸고 어머니는 그런 아버지를 버
리고 도망쳐버렸어요. 아버지의 코가 자꾸 길어졌어요.
부풀어 올랐어요. 만삭인 코를 거머쥐고 아버지는 홀로
산夫인과로 갔어요. 산夫인과 의사는 회전톱을 돌렸고
저는 톱밥을 타고 싹둑싹둑 태어났어요. 미혼부인 아버
지는 장작더미 같은 저를 꼭 끌어안고 집으로 돌아왔어
요. 주위의 시선들이 화살이 되어 날아왔어요.

아버지는 사랑과 정성을 다해 톱질과 망치질을 해줬어
요. 따뜻한 대패질도 아끼지 않았어요. 하지만 전 어미
없는 자식이란 말에 삐뚤어져만 갔어요. 비바람이 저를
더 거칠게 만들었고 태양이 제 살을 갈라놓기도 했어요.
쥐새끼들이 떼거리로 몰려와 제 살을 후벼 파기도 했어
요. 더 이상 참을 수가 없었어요. 그래서 전 그런 쥐새끼

들을 쥐도 새도 모르게 죽여버렸어요. 하지만 낮말은 새가 듣고 밤말은 쥐가 듣잖아요. 그래서 결국 전 감옥에 가게 되었어요.

감옥에 있을 때 아버지의 부고를 받았어요. 쇠창살에 잘린 나무만 봐도 아버지의 모습이 떠올랐어요. 그때서야 겨우 마음을 고쳐먹었어요. 교회에도 나가게 되었어요. 회개기도를 드렸고 니스로 세례를 받기도 했어요. 저는 모범수가 되었고 인형 만드는 기술도 배웠어요. 아무래도 피는 속일 수 없나 봐요. 전 인형 만드는 게 즐거웠고 소질도 있었어요. 전과자란 낙인을 지우기 위해 인형 만드는 데 목숨을 걸었어요. 결국 1급 자격증도 따냈어요.

앞으로 저는 토이스토리 인형공장에서 일하게 될 것 같아요. 저는 일과 결혼할 생각이에요. 일은 제 어머니 같은 여자가 아니에요. 참된 여자예요. 전 아버지처럼 코가 길어지고 싶진 않으니까요. 천이나 가죽으로 된 아기

를 낳을 거예요. 그래서 코가 길어지지 않는 피노키오 가
문을 만들 거예요.

3부

새앙쥐

내 몸, 어딘가에 뚫린 구멍으로
살금살금 기어든 새앙쥐 두 마리
은밀한 신혼방을 만들고
더블침대에 누워 하루 종일 살을 섞는다

송금된 식량으로 허기진 욕정을 채우고
포르노 영상을 따라 체위를 바꿔가며
사이키 조명처럼 토해내는 암컷의 신음소리
—당신의 아기를 갖고 싶어요

부풀어 오르는 암컷의 자궁 속
산부인과 분만실이 들어서고
양수를 따라 흘러내리는 아기 새앙쥐 떼
철철철 넘치는 그 검은 씨앗들

내 몸, 어딘가에 뚫린 구멍으로
살금살금 기어든 새앙쥐 두 마리

은밀한 신혼방을 만들고

새앙쥐 왕국을 꿈꾸며 지금도 살을 섞는다

원룸

이놈의 방. 변기와 식탁이 함께 놓여 있는 밥그릇에 똥
덩이가 가득 담겨 있는 이 구린내. 세면대에서 설거지를
하고 개수대에서 낯을 씻고 두 개의 줄이 끊긴 기타가 두
개의 줄이 끊긴 노래를 부르고 구두엔 뿌연 먼지들만 쌓
여가는 이 망할 놈의 방. 먼지 쌓인 구두가 발목을 자르
고 두 개의 줄이 끊긴 노래가 두 개의 갈비뼈를 부러뜨리
고 얇게 썬 면상들을 개수대에서 건져내고 씻은 그릇들
을 면상에 잘 포개어놓는 이 구린내. 변기에 걸터앉아 죽
을 쑤는 나 하나로도 꽉 차 통풍이 잘 되지 않는 이 죽일
놈의 방.

망막일기

뇌의 실직, 입의 휴가, 귀의 출장, 오늘 하루를 굶다.
수정체를 뚫고 들어오는 계절은 침엽수만 살아남은 겨
울, 겨울이다. 둥근 잎새들의 희망이 붉은 핏방울처럼 흘
러내리던 가을 이후, 공장은 제대로 돌아가지 않았다. 시
커먼 연기를 뿜어내던 굴뚝은, 그 왕성한 성욕은, 더 이
상 타오르지 않았고 수음조차 하지 않았다. 성욕과 식욕
은 욕이란 고리로 얽혀 함께 사그라져가고 있었다.

工具이었던 그가 公園이 되어 벤치에 앉아 있다. 공원
의 망막에 비둘기 떼들이 내려앉는다. 그의 피부가 푸른
빛으로 변해갈수록 모이를 위한 투쟁은 점점 심해지고
있었다. 부리로 서로의 살을 쪼고, 다리를 저는 한 녀석
이 구석으로 밀려나고 있었다. 누군가 팔을 휘저어 비둘
기 떼를 날려 보냈다. 그의 망막에서 사라져버린 비둘기
떼, 지고 있는 태양, 그는 여전히 움직임이 없었다. 공원
곳곳엔 새로 들어온 동상들이, 추위에 절은 그 동상들이,
역사를 부둥켜안고 시퍼렇게 시퍼렇게 굳어가고 있었다.

비가,

비가, 하루 종일 내린다, 비가, 사람들의 발목을 자르고, 비가, 사람들의 무릎을 자르고, 비가,

사람들은 모두 어디로 가고, 키 큰 나무들만 머리통만 빠끔히 내밀고,

비가, 키 큰 나무들의 머리통을 출렁출렁 씹어 삼키는, 비가, 고층 빌딩의 허리를 자르고, 비가,

고층 빌딩도, 높은 산도, 출렁출렁 씹히고 씹히는 나날들,

비가, 별을 삼키고, 비가, 태양을 삼키고, 비가, 무지개여 안녕—

자판기 앞에서

밀크커피 버튼을 눌렀는데

쌍,

블랙커피가 나왔다

손에 닿는 종이컵의 온도는 비슷한데

찌그러진 동전을 넣은 것도 아닌데

그냥, 마신다

씁쓸한 맛

내 가슴이 혀를 찬다

쌍,

화냥년 같은

그 애는 대체 누구의 씨?

완존히 블랙((깜둥이))이었다

• 누가 이 詩를 읽고 최승호 詩人의 「자동판매기」가 생각난다고 했다. 쌍,

가끔 ㅣ러러를 묶는다

히히, 이 검은 자루. 간밤에 난 거울 속에서 시체 한 주를 토막내기 시작했어. 별들의 노크소리 커튼으로 가리고 누런 이빨을 드러냈지. 충치들이 누런 달을 갉아먹고 있었어. 맛있겠라, 저 썩은 이~새끼. 밤이 토막나기 시작했어라, 저 빛의 날. 밤을 토막토막 냈지룽~나잇(long night). 검은 자루를 묶었어. 검은 자루를 들고 달려가늘 내 몸뚱어리. 한 손엔 검은 자루를 들고 어둠 속을 헉헉댔지룽~런(long run). 내 눈은 검은 자루 속에서 터지기 일보 직전, 헷갈리기 시작해. ······ 밤과낮,남과여,여탕으로들어가라주인한레한방취어박히고,남탕으로들어가라또주인한레또한방취어박히고,에라모르겠라여자가꼬시길래여관에가서목욕이나할생각으로하롯밤,남자가꼬시길래또여관에가서목욕이나할생각으로또하롯밤,나늘여자를만내면남자가되고남자를만내면여자가되고남자여자어느쪽을만나도목욕모곡모ㄱ욕이생각나고,선인장에난가시를가시에찔린선인장이라불러보고,비오듯쏜아지늘화살을맞고쓰러지기일보직전의장수라불러보

68

고, 헉헉런라, 과거시제로쓰라보면왜자꾸현재시제가 쳐들어오늘지~할, 내래갈흥은어디있늘거야, 자루속은캄캄컴컴깜깜껌껌, 몸흥없늘며러흥만자루속에서 덜렁덜렁, 이놈의새끼야좀조심해서걸어, 쫌, …… 천, 천, 히, 걷, 늘, 라, 거, 물, 속, 을, 뛰, 쳐, 나, 온, 나, 늘, 며, 러, 흥, 을, 검, 은, 자, 루, 속, 에, 집, 어, 넣, 고, 천, 천, 히, 쳐, 언, 천, 히, 걷, 라, 가, 라시, …… 야, 고기말고고기, 아니고기말고고기, 그래고기, 고기를박박밀어, 때를밀고살을밀고뼈를 밀고, 여자한국을밀고남자두국을밀고여자세국을밀 고, 등에불이나도 촉밀고, 발갛게타오르늘정육점에가 서고기를팔아, 남국을팔고붕지를팔아, 난한덩이고기 야, 제발날끓늘물에넣고푹고아줘, 살이물이될때까지, 뼈가물이될때까지, 물이될때까지물이될때까지, …… 물이되려면 아직 멀었니? 왜 멈추늘 거야, 뭐? 해가 뜨 라고, 도망치라고, 그래, 그럼 어서 벌려.

• 나 참, 음가없늘 이음이 하나 있긴 있었던 것 같은데.

69

꽃/똥

꽃이 핀다
똥을 눈다

파리는 타락한 벌일지도 모른다

향기가 좋다
냄새가 지독하다

파리는 타락하지 않은 벌일지도 모른다

針을 곤두세우는 벌
두 손을 모아 기도하는 파리

똥일지도 모른다
꽃일지도 모른다

내 코는 타락한 개코일지도 모른다
나는 타락하지 않은 꽃일지도 모른다

파리가 내 몸 위로 날아든다
나는 두 손을 모아 감사의 기도를 드린다

쥐와 쥐

쥐를 본다
내 몸속에서 쥐 한 마리가 부풀어 오른다

쥐는 두 개의 다리를 가지고 있거나 무지개빛깔의 털
로 뒤덮여 있어도 상관없다 쥐가 야옹 하며 쥐를 쫓거나
쥐가 쥐를 잡아먹어도 상관없다

쥐가 나무를 갉아댄다
내 몸속에 있는 쥐도 나무를 갉아댄다

쥐가 굳이 나무를 갉아대지 않아도 괜찮다 쥐가 쥐를
갉아대거나 쥐가 쥐를 갉아대어도, 쥐가 나무를 갉아대거
나 나무가 쥐를 갉아대어도 아무 상관 없다

난 내 몸속에서 늘어나는 쥐들을 본다
내 몸속이 쥐들로 꽉 채워진다

쥐들은 새이거나 무지개빛깔의 털을 가진 고양이, 혹은

나무이거나 흙이거나 혹은 쥐

　난 늘어난 **쥐들**로 꼼짝달싹하지 못하는 나를 본다
　쥐들도 그런 나로 꼼짝달싹하지 못하는 쥐를 본다

　쥐들이 바라보는 것이 굳이 꼼짝달싹하지 못하는 쥐가
아니라도 상관없다 **쥐들**이 바라보는 것이 쥐가 아니라
그런 나이거나 그런 나가 아니라 그냥 나라 해도 아무 상
관 없다

셋방에는

셋방에는
해, 하면 달, 하고
달, 하면 해, 하는
부부가 산다

셋방에
해와 달이 동시에 떠 있고
비마저 내리는 날
사물들은 투명한 날개를 움직이며
힘차게 날아오른다
천둥소리에 흔들리는 벽,
벼락 맞은 거울,

셋방에는
불, 하면 물, 하고
물, 하면 불, 하는 부부가
깨진 거울 속에서
살을 섞고 있다

해와 달의 신음소리
불과 물의 신음소리
정字와 난字가 부딪치는 소리
사이,
기형아의 울음소리 들려온다

봉산동 **붕어**

　햇살이 가시 같은 날, 삐걱대는 계단을 타고 **붕어**의 몸속으로 들어간다. 바닥이 다 드러난 강에서 펄떡이던 붕어가 자꾸 삐걱대는 소리에 밟혀온다. 비를 부르는 마지막 몸짓으로 **붕어**의 문을 연다.

　비는 오지 않는다. **아가미**가 열렸다 닫혔다 할 때마다 내 가슴은 더 메말라간다. 재떨이에 쌓여가는 기다림. 색소폰을 뛰쳐나온 검은 음표들이 내 가슴에 오선을 긋고 지나간다.

　가뭄이 긴 지난여름, 먹구름 같은 한 여자를 만났다. 그녀는 조금만 건드려도 비를 펑펑 쏟아낼 듯했다. 우리는 강가를 거닐다가 둥근달 속에 나란히 앉아 **소나기**에 대해 얘기했다. 조약돌만 남기고 떠난 소녀에 대해 얘기했다. 그날 이후 나는 그녀를 비라 불렀다. 나의 **비**.

　여전히 **비**는 오지 않는다. 그녀는 검은 구름을 타고 바다를 건너고 있을지도 모른다. 재즈를 버리고 다시 블루

스로 돌아가고 있을지도 모른다. 산란기를 맞은 붕어처럼 입술이 두터운 아이나 펑펑 낳을지도.

  붕어의 몸을 빠져나와 태양이 가시를 움츠리는 거리를 걷고 있다. 백인과 흑인이 살을 뒤섞는 길 위에 재즈 같은 발자국을 남기며 걷고 있다. **비**를 기다리다 지쳐 집으로 돌아가는 날이면 붕어의 살을 적시는 비가, 내 발목을 자르며 내려도 좋으련만, 비는 오지 않는다, **비**는.

• **붕어**는 대구 봉산동에 있는 Jazz Cafe임을 밝혀둔다.

혼혈아
— 겨울로 들어서는 길목에서 나는 쓴다

현충로역에서 충혼탑으로 가는 길
벚나무들이 허공에 꽃을 피우고 있다

내 머리는 made in U.S.A
내 두 눈은 made in Japan
내 상반신은 made in England
내 하반신은 made in China
내 허리는 made in Italy
내 오른손목은 made in Hong Kong
내 왼새끼손가락은 made in Mexico
내 두 발은 made in Korea

국적도 불분명한 내가
국적도 불분명한 길을 걷고 있다

하루살이 백수

시작. 수도 없이 봤던 비디오테이프가 또 돌아간다. 눈을 감아도 훤히 보이는 장면들과 귀를 막아도 잘만 들려오는 소리들이 브라운관과 스피커를 통해 흘러나온다. 100분가량의 움직임들과 소리들이 반복에 반복을 거듭하면서 100분가량의 멈춤으로 굳어버렸다. 굳은 채 흘러나온다. 나는 아무런 생각도 없이 100분가량의 한 폭의 그림을 바라보고 있다. 시끄러운 양들의 침묵.

끝. 침묵을 깨고 비디오테이프가 처음으로 되돌아간다. 되새김질을 하며 왔던 길을 되돌아가던 양들이 사냥꾼들의 표적이 되고 있다. 양들의 비명소리가 끊이질 않는다. 한번 왔던 길을 다니는 그 습성을 버리지 않는 한 양들은 떼죽음을 면치 못한다. 드르륵 돌아간다. 피, 羊乳, 털, 고기를 내며 드르륵 처음으로. 시끄러운 양들의 침묵. 드르륵 다시 처음으로 끝.

멈춤. 친구는 첫째를 낳았다고 하고 아버지는 친구초상집에 가셨다고 한다. 나는 오늘도 변함없이 아침 겸 점

심을 되새김질하고 언제나 돌고 돌던 그 산책길을 또 걸어간다. 다세대주택 현관문에 비친 내 모습들을 지나, 재활용쓰레기들을 지나, 지나친 친절이 너무 버겁기만 한 그 친절가게를 지나, 보도블록 위를 뒹구는 파릇파릇한 어린 은행잎들을 밟으며, 정지된 화면 속을 정지된 움직임으로. 아, 나는 대체 몇 장의 활동사진?

탈피. 걸을 때마다 출렁거리는 몸을 벗어버리고 싶다. 이제 그만 날아오르고 싶다. 직장을 버렸다. 일상을 벗었다. 몸이 희미해졌다. 눈은 퀭해졌다. 날개가 돋았다. 날자, 날자, 날자꾸나. 더듬이를 잃었다. 식욕이 떨어졌다. 날자, 날자, 날자꾸나. 드르륵 돌아간다. 내 날개에 그물이 있었다. 날개에 사로잡혀 집으로 돌아간다. 드르륵 걸어((날아))간다. 다시.

멈춤. 점심 겸 저녁으로 짬뽕을 먹는다. 눈으로도 먹고 입으로도 먹고 코로도 먹고 귀로도 먹는다. 온통 뒤죽박죽이다. 시를 쓸 수가 없다. 말을 아껴야 하는데, 말을.

"아버지, 친구분은 잘 태어나셨나요?" 이게 아닌데, 다시.

시작. 수도 없이 봤던 비디오테이프가 또 돌아간다.

드르륵. 끝. 드르륵.

멈춤. 꺼냄.

다시 넣음. 시작. 드르륵 이게 아닌데, 다시.

드르륵, 드르륵. 날자, 날자, 제발 이제 그만 날자꾸나.

미완의 노을

이 아침, 저 노을에게 미안하다. 간밤에 나는 노을의
詩를 쓰려고 했는데 여전히 미완이다. 어쩌면 그 詩는 그
대로 영영 묻어두어야 할지도 모른다. 노을의 詩를 요약
해보면 노을은 시집간 내 여자친구의 첫아기이자 마지
막아기이다. 뼈와 살이 되지 못한 그 아기의 첫울음이자
마지막울음이다. 그 이후, 그 노을은 내 여자친구의 생리
가 되고 생리는 그 아기를 추모하는 진혼곡이 된다. 노을
의 詩는 내용과 형식이 모두 허술했다. 간밤에 나는 그
노을을 뒤집어쓰고 붉게 물들어보려 했다. 그 이후 생리
를 하는 내 여자친구의 심정을 헤아려보려 했고 생리를
하는 내 여자친구가 되어 생리통도 느껴보려 했다. 백과
사전을 뒤적이며 생리를 찾고 생리가 나오지 않아 다시
월경을 찾고 그중에서도 특히 〔경과와 성상〕·〔증세〕를
꼼꼼히 살펴보기도 했다. 생리통도 느껴가며 고쳐 쓰고
다시 고쳐 쓰고 했지만 노을은 여전히 미완이었다. 내 여
자친구의 심정도 막막하게 다가왔고 생리통도 그저 척
해보는 것 같았다. 어둠과 빛 사이 노을이 아픈데, 아픈
데, 아파야 하는데 하면서 날이 밝았고 나는 밤이 짧았나

어둠이 얕았나 하면서 흘러내리는 미완의 그 노을을 하염없이 바라보고만 있었다.

이 아침, 그저 저 노을에게 미안하다. 어둠과 빛 사이, 그 사이에서 들려오는 그 피울음을, 그냥 척하기만 해서.

지하철((지옥철))

덜컹댄다. 지하철은 大地母神의 질 속을 용두질 치고 있다. 승객들은 모두 XY·XX 염색체로 앉아 있거나 서 있다. 나는 그 성염색체들 틈새로 窓을 보고 있다. 역과 터널이 스쳐갈 때마다 빛과 어둠이 번갈아 스며든다. 그때마다 내가 사라졌다·나타났다 되풀이한다. 어둠에 기댄 내가 더 선명하다. 내가 사라질 때마다 지하철 문이 열리고·닫히고 그때마다 승객들은 수정을 꿈꾸며 사정과 생성을 되풀이한다. 반복이다. 밑도 끝도 없는 이 용두질. 덜컹댄다. 노선도도 덜컹대고 노선도를 바라보는 내 눈알들도 덜컹댄다.

이번 역이 전부 사정될 역이란다.

비틀댄다. 벽과 타일, 에스컬레이터와 플라스틱의자, 그리고 冷음료자판기와 溫음료자판기 전부 비틀댄다. 사람들도 비틀대고 길들도 비틀댄다. 비틀대지 않는 건 나뿐이다. 冷溫이 교차하는 걸음으로 계단을 오른다. 흙냄새가 나지 않는 大地母神의 질 속을 다시 바라본다.

84

벽과 타일, 에스컬레이터와 플라스틱의자, 그리고 冷음
료자판기와 溫음료자판기, 저 많은 피임기구들. 지하철
에서 사정된 내가 콘돔 속을 걷고 있다. 말라가는 내가
희뿌옇게 웃고 있다. 흙에 닿지 못하는 내 발자국들이 한
点 한 点 얼룩이 되어 밖을 향한다.

((悲))

비(雨)보다 먼저 뼈가 아팠다. 이제 비(雨)가 내린다.
바닥에서 들려오는 소리가 내 몸을 기어 다닌다. 쫀다.
더 이상 비가 비로 내리지 않는다. 비는 내 몸에서 비
((悲))로 태어난다. 비는 세 쌍의 다리와 하나의 꼬리를
가진 벌레((悲))가 되어 내 온몸을 기어 다닌다. 내 살과
뼈를 쪼아댄다. 나는 비((悲))의 먹이에 불과했다. 바닥
을 치는 소리가 더 크게 들려온다. 비((悲))는 꼬리의 힘
으로 더 빠르게 움직인다. 그 꼬리((心))에는 늘 독이 서
려 있다. 비((悲))는 꼬리((心))의 힘으로 내 눈알을 녹여
먹고 있다. 나를 둘러싼 풍경들이 모두 어둠 속으로 녹아
들고 있다. 비((悲))는 나와 나를 둘러싼 풍경들을 물고
꼬리((心))의 힘으로 어둠 속에서 어둠 속으로 이동하고
있다. 나는 질질 끌려가면서 저 놈((悲))의 꼬리((心))만
자를 수 있다면, 저 놈((悲))의 꼬리((心))만, 하고 있다.
비((悲))는 내 머릿속에서 꼬리((心)) 잘린 비((非))가 되
어 더 이상 나를 끌지 못한다. 나는 비((非))의 먹이조차
되지 못한 채 어둠 속에 버려져 있다. 이제야 비가 비
(雨)로도 내린다. 나는 이제 이 비(雨)를 맞으며 빗((悲))

속에서 빗((非))속으로 굳어간다. 그 꼬리((心))는 내 머릿속에 버려져 있다.

4부

벌레 11호

半지하방에서 꿈틀댄다. 12시를 향해 기어가는 시침 위에서 꿈틀댄다. 꿈틀대자마자 결핵약을 먹는다. 10개의 환약들이 식도를 타고 꿈틀댄다. 나는 10개의 환약들에 끌려다닌다. 수정체를 뚫고 급습하는 벌레 1호, 실내화를 신은 발로 밟아 죽인다. 책상 위를 기어 다니는 벌레 2호, 책상 위에 놓인 『죽음의 한 研究』를 번쩍 들어 쳐 죽인다. 벌레 3호는 볼펜심으로 콕 찍어 죽인다. 벌레의 주검 앞에 냉소를 던진다. 입안에서 「헌화가(獻花歌)」가 꿈틀댄다. 철쭉꽃이 피어난다. 참꽃이 아닌 그 개꽃이 피어난다.

밥그릇에 담겨 꿈틀댄다. 밥알들이 꿈틀꿈틀꿈틀꿈틀꿈틀꿈틀꿈틀꿈틀꿈틀댄다. 식탁 위를 달려가는 벌레 4호, 입안에 든 숟가락을 번개같이 빼내어 쳐 죽인다. 오물오물 씹히는 밥알들이 벌레 4호 같다. 콩나물이 꿈틀댄다. 파김치가 꿈틀댄다. 그 사이로 지나가는 벌레 5호, 젓가락으로 집어 들어 그 사이에 끼워 죽인다. 벽이 꿈틀댄다. 의자가 꿈틀댄다. 가만히 방바닥에 드러눕는다. 방바닥에 가만히 있던 벌레 6호, 드러눕는 등짝에 짓눌린다. 나도 몰래 죽인다. 살갗 위를 기어 다니는 벌레 7호, 8호, 9호, 이리저리 뒤척이며 꾹, 꾹, 꾹, 눌러 죽인다. 천장이 꿈틀댄다. 몇 켤레 구두가 내 머리 위에서 꿈틀꿈틀 꿈틀꿈틀꿈틀꿈틀꿈틀꿈틀꿈틀꿈틀댄다.

벌레 10호, 잠을 뚫고 들어와 꿈속을 기어 다닌다. 투명한 재떨이를 들어 가만히 엎어놓는다. 서서히 죽인다. 죽은 벌레 10호를 재떨이에 담아 한 번 더 태워 죽인다. 꿈속에서도 꿈틀댄다.

눈이 아픈 아이를 위한 랩소디

아이의 눈이 점점 커지고 있다. 오른쪽 눈과 왼쪽 눈이 맞붙고 있다. 새끼를 치고 있다. 아이의 온몸에 새끼눈알들이 주렁주렁 열리고 있다. 빽빽이 들어차 붉어지고 아…눈알들의 숲…이

노을로 물들고 있었다. 적색경보가 울려 퍼지고 있었다. 붉은 옷을 걸친 나무들이 빽빽이 몰려들고 있었다. 가지가 가지끼리 뒤엉키며 피를 흘리고 나무가 나무끼리 뒤엉키며 불투명의 길과 투명의 길을 자르고 아…새들은 날아들지 못하고 지저귐도 날아들지 못하고…이…고요…는

움직일 수 없다. 아이는 흠이 많은 유리컵 안에서 세상을 바라보고 있다. 굴절된 열매와 굴절된 날개와 굴절된 빌딩과 굴절된 숲에서 절규하고 있다. 유리컵을 뚫지 못하는 절규, 되돌아와 제 살을 제 눈알들을 마구 찔러대는 절규 아…아픈 시, 신경, 질…이

>

　가을이었다. 아이가 눈알들을 하나씩 떼어내고 있었
다. 낙엽처럼 눈알들이 쌓여가고 있었다. 눈알들을 떼어
낸 자리는 해골의 빈 동공처럼 나무의 옹이처럼 언제나
퀭하기만 하고 무감각하기만 하고 아⋯

　⋯이의 몸속으로 난 말줄임표 같은 그 길이 그 절규가
새들의 날개를 떨구는 밤, 어느새 겨울이다. 하늘엔 눈이
내리고 함박눈이 내리고 아이의 아픔은 이내 눈으로 뒤덮
이고 눈 속으로만 쌓여가는데 아⋯눈⋯이 너무 아프다.

깡패, 정의의 사자, 막다른 골목, 그리고 I

깡패 1호가 I를 끌고 막다른 골목으로 가고 있소
막다른 골목에서 I의 비명소리가 들려오고 있소
비명소리를 타고 나타난 정의의 사자 1호가 I를 구해
내고 있소
깡패 1호는 막다른 골목을 뚫고 달아나고 있소

막다른 골목이 정의의 사자 1호를 깡패 2호로 만들고
있소
막다른 골목에서 I의 비명소리가 들려오고 있소
비명소리를 타고 나타난 정의의 사자 2호가 I를 구해
내고 있소
정의의 사자 1호는 깡패 2호가 되어 달아나고 있소

막다른 골목이 정의의 사자 2호를 깡패 3호로 만들고
있소
I의 비명소리는 여전히 들려오고 있소
비명소리를 타고 나타난 정의의 사자 3호가 I를 구해
내고 있소

정의의 사자 2호는 깡패 3호가 되어 달아나고 있소

막다른골목의 I 가정의의사자 3호를무섭다고그러오
막다른골목의 I 가정의의사자 4호를무섭다고그러오
막다른골목의 I 가정의의사자 5호 6호 7호를자꾸자꾸무
섭다고그러오
정의의사자 8호는막다른골목이무섭다고그러오
정의의사자 9호는막다른골목이무섭다고그러오
정의의사자 10호 11호 12호는막다른골목이자꾸자꾸무
섭다고그러오
막다른골목은끌려오는 I 가무섭다고그러오
막다른골목은늘어나는 I 들이무섭다고그러오자꾸자꾸
무섭다고그러오

막다른골목을빠져나간 I 가다른막다른골목에서들려오
는 I 의비명소리를듣고있소 I 의비명소리가막다른골목을빠
져나간 I 를정의의사자 13호로만들고있소정의의사자 13호
가 I 의비명소리가들려오는막다른골목으로달려가고있소

모니터에 비친 자화상

날마다 게임에 빠져 허우적댄다. 키보드는 키를 두드리게 하고 마우스는 버튼을 클릭하게 한다. 키보드와 마우스는 나와 함께 내 골을 파내는 게임을 하고 있다. 게임이 진행될수록 나는 차츰차츰 멍해진다. 내 골은 외장형이 아닌데 나는 꼭두각시처럼 앉아 있다. 모니터는 내 눈알을 탐내고 스피커는 내 고막을 탐낸다. 내 신체부위는 아이템이다. 모니터가 내 눈알을 파먹는다. 스피커가 내 고막을 찢어먹는다. 그들의 생명수치가 올라간다. 내 골은 이제 외장형이다. 모니터 화면에 비친 내가 해골 같은 얼굴로 나를 보고 있다. 내 눈알이 빠져나간 자리에는 캐릭터가 캐릭터를 죽이고 있다. 내 고막이 없는 귓속으로 비명소리와 함께 토막 난 시체들이 매장되고 있다. 나는 여전히 꼭두각시처럼 앉아 있다. 어디선가 내 골이 나를 끌어당긴다. 의자는 잠시 내 엉덩이를 밀어내지만 키보드와 마우스가 내 손을 놓아주지 않는다. 밀고 당기고 하는 사이, 모니터 속의 캐릭터가 마법약을 먹는다. 마법수치가 올라간다. 캐릭터가 마법을 걸어 나를 일으켜 세운다. 나는 그 캐릭터의 부하가 되어 다른 캐릭터들과 싸우고 있다. 시간이 지날수록 내 생명수치가 내려간다. 하지만 아무 문제없다, 그 캐릭터는 뼈다귀도 살려내는 흑마법의 대가니까. 골이 없는 나는 이제 내장형이다.

21C 콜로세움

컴퓨터 안의 3D캐릭터가 나를 잡아당기는 밤(?) 빨려
든다. 우린 같은 편이 되어 적(?)과 싸우고 있다. 달(?)이
부서지고 3D캐릭터의 뼈(?)가 부서진다. 모니터 가득 피
(?)가 튄다. 죽음(?)의 문이 열리고 3D캐릭터는 그곳으
로 치워진다. 버튼 하나로 다시 태어난다. 나는 적(?)이
었던 3D캐릭터와 같은 편이 되어 우리 편(?)이었던 3D
캐릭터와 싸우고 있다. 죽음(?)의 문은 계속 열리고 닫히
고 다시 열리고……

알고 보면 3D캐릭터들이 모두 같은 편(!)이 되어 나와
싸우는 게다. 해(!)가 부서지고 내 뼈(!)가 부서지고 있
는 게다. 시계 안에 내 피(!)가 튀고 얼룩지고 있는 게다.
내가 죽음(!)의 문으로 끌려가고 있는 게다. 죽음의 문은
열리고 닫히고 다시 열릴지 모르는(!) 게다.

지금 컴퓨터 밖의 3D캐릭터는 컴퓨터 전원을 끄고 죽
음의 문 주위를 얼쩡대고 있다. 어느새 창밖에는 해가 달
로 모습을 바꿨고 방 안에는 장롱이 침대로 모습을 바꿨

다. 3D캐릭터는 침대(?)에 누워 잠을 자고 있고 나는 어디에도 없다. 나는 아주 가끔 3D캐릭터의 꿈속에서나 잠시 모습을 드러냈다 사라진다.

케이블 가이

케이블이 달을 꽁꽁 묶는 밤, 나는 달의 화장터로 끌려간다. 걸친 옷이 하나 둘 불타오르고 벌거벗은 나도 불타오른다. 내 살 구워지는 냄새가 케이블 속을 떠돌고 나는 어느새 유령이 되어 환생할 자궁을 찾는다. 이곳 자궁들 속은 너무 환하다. 빛이 내 눈을 파먹는다. 눈먼 내가 자궁 속에 있다. 비닐에 뒤덮인 내가 자궁 속의 나를 바라보고 나를 그리워하고 나는 그리움에 북받쳐 비닐을 찢고 나를 만난다. 나는 나를 부둥켜안고 살을 섞는다. 깊은 잠에 빠져든다.

자궁 밖에서 들려오는 소리에 잠이 깬다. "축하합니다. 임신입니다." 모니터가 내 움직임을 잡고 있다. 자궁의 주인은 덜미 잡힌 나를 끌고 또 어디론가 가고 있다. 모니터가 자궁의 주인을 꽁꽁 묶는 날이면 자궁 속은 화장터다. 이 자궁 속도 너무 환하다. 기계음이 내 살을 찢어댄다. 사지가 찢긴 내가 자궁 밖에 있다. 검은 비닐에 뒤덮인 내가 끊어진 탯줄을 바라보고 탯줄의 주인을 그리워하고 나는 그리움에 북받쳐 검은 비닐을 찢고 탯줄의 주인을 만나기 위해 다시 케이블 속을 떠돈다.

　케이블 속 대부분의 엄마들은 처녀다. 성경에 이르길, 처녀가 잉태하사 아기를 낳으리니 그 이름을 예수라 하라 했다. 예수 1호, 예수 2호, 예수 3호, ……가 케이블에 꽁꽁 묶여 달의 화장터로 끌려간다. 걸친 옷이 하나, 둘, …… 불타오르고 예수 1호, 예수 2호, 예수 3호, ……도 불타오른다. 예수 1호, 예수 2호, 예수 3호, ……의 살 구워지는 냄새가 케이블 속을 떠돌고 예수 1호, 예수 2호, 예수 3호, ……는 어느새 유령이 되어 환생할 처녀의 자궁을 찾는다. 이곳 자궁들 속은 너무 환하다. 눈부시도록.

애인 13호

벌레 11호의 첫사랑은 이브다. 이브는 재산목록 10호인 원룸APT에 살고 있다. 이브는 아침마다 재산목록 12호인 빨간색 티뷰론을 타고 유령회사에 출근한다. 가끔 이브의 첫사랑이기를 꿈꾸는 벌레 11호는 이브가 없는 이브의 APT에서 하루 종일 꿈틀댄다. 이브의 재산목록 9호인 ACE침대 위에서, 이브의 재산목록 6호인 21"컬러TV와 이브의 재산목록 7호인 4헤드VTR 사이에서 꿈틀댄다. 꿈틀댈 때마다 채널이 바뀌고, 채널이 바뀌어도 향기가 나지 않는 시간들이 벌레 11호를 이브의 재산목록 3호인 LG냉장고 앞으로 끌고 간다. 냉동실에서 배스킨라빈스 31을 꺼낸 벌레 11호는 쿼터통 안에서 꿈틀댄다. 4가지 맛에 취해 꿈틀꿈틀꿈틀꿈틀댄다.

이브의 재산목록 8호인 에로이카전축에서 검은 음표들이 꿈틀대며 기어나온다. 벌레 11호의 몸속으로 기어들어가 꿈틀꿈틀꿈틀꿈틀꿈틀꿈틀꿈틀꿈틀꿈틀꿈틀꿈틀꿈틀 검은 알들을 낳는다. 알 1호를 깨고 이브의 첫사랑이 웃고 있다. 알 2호를 깨고 이브의 애인 2호가 웃고, 알 3호를 깨고 LG냉장고가 웃고 있다. 알 4호를 깨고 이브의 애인 4호가, 알 8호를 깨고 에로이카전축이, 알 12호를 깨고 빨간색 티뷰론이, 웃고웃고웃고웃고 웃고웃고웃고웃고 있다. 알 13호는 아직 껍질을 깨지 못한 채 알 10호 안에 있다. 알 10호 안에서 하루 종일 꿈틀대는 벌레 11호는 아직 껍질을 깨지 못한 이브의 재산목록 13호다.

ACE침대 위의 ⚥우

인조인간♂와 인조인간우가 ACE침대 위에 나란히 누워 업그레이드를 하고 있다. 19990831칩을 빼내고 19990901칩으로 갈아 끼우고 있다. 인조인간♂우는 늘 그렇듯 업그레이드를 하기 위해 오늘도 크로스를 하지 않은 채 일찍 불을 껐다.

AM 06:00 탁상시계가 Alarm의 팔을 뻗어 인조인간♂우의 귀를 잡아당기고 눈꺼풀을 콕 집어 올리면 그들은 조금 더 빠른 속력으로 움직이기 시작한다. 19990901MHz로 달려가 우유를 꺼내고 19990901MHz로 콘플레이크를 태운다. 19990901MHz로 달려가 지하철을 타고 용량이 꽉 찬 객실을 헤매다가 19990901MHz로 회사에 간다. 회사에는 늘 그렇듯 現MHz $+\alpha$의 서류들이 산더미처럼 쌓여 있다.

헉헉대며 서류를 먹다 보면 헉헉대며 밤이 오고 인조인간♂우는 Down · Reset · Down · Reset 되며 집으로 돌아온다. 까막까치를 타고 오는 견우와 직녀처럼 그들은 칠월칠석날 같은 ACE침대 위에 나란히 누워 또 업그

레이드를 하고 있다. 19990901칩을 빼내고 19990902칩
으로 갈아 끼우고 있다. 늘 그렇듯 오늘도 크로스를 하지
않은 채 불은 일찍 꺼졌다.

바코드機우를 위한 랩소디

소녀에서 여자로
女子에서 우로의 업그레이드

창밖엔 태양이 떠 있는데
우의 두 눈엔 비가 내리네

사람들이 숫자들에 끌려다니고 있어
숫자들이 사람들의 살을 파먹고 있어

우의 수정체에 어린
창살들―숫자들이 뱉어낸 그 수많은 뼈다귀들

‖우는 백마 탄 왕자님을 기다리고 있었는지도 모른다
‖우를 스쳐가는 혹은 스쳐간 남자들은 모두‖얼룩말을
탄 ♂이거나 숫자들에 끌려다니는 줄무늬 옷을 입은 ♂들
뿐‖우의 눈이 밝아지면 밝아질수록 우의 망막에 쌓여가
는 줄무늬들‖우를 가두고‖우는 줄무늬로 세상을 가두고
‖비는 계속 내리는데‖젖지 않는 사람들‖철판 위에서

뼈 없는 닭갈비를 먹으며 뼈 없는 얘기들을 뱉어내는데 ∥
백마 탄 왕자님이 지나갔는지도 모른다 ∥ 얼룩말을 탄 ♀들
과 숫자들에 끌려다니는 줄무늬 옷을 입은 ♀들에 뒤섞여
∥ 줄무늬 ♀가 되었는지도 ∥

　모른다 우는 백마와 얼룩말을
　모른다 우는 비와 창살과 줄무늬와 뼈다귀를

　지금 창밖엔 줄무늬 태양이 우의 살에 빛살 혹은 빗살
을 긋고
　우는 햇살이 부서지는 빗속을 거닐며
　우에서 女子로 여자에서 소녀로 소녀에서 태아로 사라
져간다

콘센트우의 하루

언제부턴가 여자의 온몸에 구멍이 숭숭 뚫렸다

두 눈에 삼정바이오인버터스탠드를 꽂으면
눈부신 어두움
입속에 코끼리전기밥솥을 꽂고
식도와 위장에 오로라다기능만능녹즙기를 꽂는다
몸 안 가득 잘도 돌아가는 커터날들
우는 거울 앞에 앉아
젖은 머리에 유닉스헤어드라이기를 꽂고
오른손에 충전이 덜 된 삼성애니콜을 꽂는다

220V의 우는 21C PC방으로 가고 있다
심장에 꽂혀 있는 대원가전전기스토브는 섭씨 37.5℃
를 오르내리고
콧구멍에 꽂혀 있는 환풍기는 단 한 번의 고장도 없이
잘도 돌아가고 있다

우는 눈과 귀와 손가락에 조립식컴퓨터를 꽂고 아직도

비어 있는 구멍들을 위해 케이블 속을 떠돌며 ♌들을 만
난다

♌ 1호······	장미꽃 한 다발	······ 0점
♌ 2호······	큐빅 박힌 커플링	······ 15점
♌ 3호······	삼성파워드럼세탁기	······ 50점
♌ 4호······	프랑스 명품 향수 3종 세트	······ 5점
♌ 5호······	벽걸이형 디지털TV	······ 90점

우는 하반신에 벽걸이형 디지털TV 플러그를 꽂고 채
널도 바꿔보고 볼륨도 올렸다 내렸다 해본다
　우의 가슴 가득 벽걸이형 디지털TV가 걸려 있다

빈집

바람이 그 집 대문을 열었다. 정원에는 나무들과 잡풀들로 빽빽하다. 발 디딜 틈조차 없다. 남자 3791호와 여자 2217호가 길을 내며 안으로 들어간다. 그 집에는 2개의 방과 2개의 실(욕실, 거실)이 있다. 방과 실에는 수천 개의 마네킹들이 뒤엉켜 쌓여 있다. 남자 3791호와 여자 2217호가 마네킹들을 치우며 공간을 만들고 있다. 벌거벗은 마네킹, 부랑자 같은 마네킹, 수음하는 마네킹, 자고 있는 마네킹, 키스하는 마네킹, 생각하는 마네킹, 웅크린 마네킹, ……, 던져진다. 팔이 부러지기도 하고 허리가 부러지기도 하고 성기가 부러지기도 한다. 머리가 떨어지기도 하고 키스가 떨어지기도 하고, ……, 한다.

남자 3791호와 여자 2217호가 마네킹들 틈새에서 헉헉댄다. 마네킹들이 들썩거린다. 남자 3791호와 여자 2217호가 뒤엉켜 땀을 쏟는다. 땀을 쏟으며 굳어간다. 식어간다.

이제 바람조차 들지 못하는 그 집에는 햇빛도 달빛도

들지 못하고 먼지조차 쉬이 들지 못하는 그 집에는 겨우 길을 내며 들어온 여자 2218호가 현관문을 연다. 열린 문으로 마네킹들이 쏟아져 내린다. 뒤엉킨 남자마네킹 3791호와 여자마네킹 2217호도 다른 마네킹들과 뒤섞여 쏟아져 내린다. 온갖 부위와 온갖 체위가 뒤섞여 쏟아져 내린다.

나무와 잡풀과 수천 개의 마네킹으로 꽉 찬 그 집에는 이제 길을 낼 틈조차 보이지 않는다. 드디어 꽉 찼다.

아기 5호, 그룹사운드 베이비파워, 그리고······

　아기 5호는 매니저의 주문대로 ○○○그룹사운드 보컬의 정자와 천의 목소리를 가진 여가수 ○○○의 난자로 태어났습니다. 아기 5호는 XY급이고 옵션으로 노랑머리에 코발트색 눈동자를 하고 있습니다. 아기 5호는 아기 1, 2, 3, 4호와 마찬가지로 음악교육프로그램 속에서 박자와 리듬에 맞춰 온갖 음표들을 먹고 자라났습니다. 음악교육프로그램이 끝나던 날, 그들은 매니저의 주문대로 그룹사운드 베이비파워가 되었습니다. 아기 1, 2, 3, 4호는 악기가 되었고 아기 5호는 보컬이 되었습니다. 악기들과 아기 5호는 파랑머리와 노랑머리를 휘저으며 제 살에 구멍을 냈습니다. 그 구멍 속에서 온갖 음표들이 쏟아져 나왔습니다. 스피커에선 자궁이 튀어나왔고 난자와 정충이 튀어나왔습니다. 청중들은 열광하기 시작했습니다. 열광하면 열광할수록 청중들의 하반신이 점점 물고기로 바뀌었습니다. 공연장에는 퍼덕대는 인어들로 가득했습니다.

　매니저가 웃고 있습니다. 사시미를 들고 공연장을 뛰

어다니는 매니저가 웃고 있습니다. 사람을 낚는 어부가
된 매니저가 횟집을 차려놓고 손님들을 기다리고 있습
니다. 꼭 한번 들러 싱싱한 회도 맛보시고 개업선물, 그
룹사운드 베이비파워의 CD도 받으시길……

베이비스토어에서 생긴 일

손님우와 점원ᄉ의 대화볼륨이 점점 높아진다.

손님우는 옵션으로 노란머리에 파란눈동자를 가진 아
기를 주문했고
점원ᄉ는 옵션으로 파란머리에 노란눈동자를 가진 아
기를 만들었다.

점원ᄉ는 파란머리에 갈매기표시 노란눈동자에 갈매
기표시가 된 견적서를 내보이며 손님우를 코너로 몰아붙
인다. 코너에 몰린 손님우는 점원ᄉ가 표기를 잘못했다
며 안간힘을 다해 버티고 있다. 옆에 있던 주인ᄉ는 우리
가게에서는 몇 세기가 지나도록 그런 실수를 한 적이 없
다며 한마디를 거들고 있다. 더 이상 물러설 곳이 없는
손님우는 머리에 플로피디스크를 꽂고 음성기록파일들
을 복사해 주인ᄉ에게 건네준다. 검색하게 한다.

"옵션으로 노란머리에 파란눈동자를 해주세요."

>

　음성기록파일에 주인♤가 코너로 몰려버린다. 손님♀
는 소송을 걸겠다고 하고 코너에 몰린 주인♤는 新옵션
을 몇 개 더 추가해 주문한 아기를 새로 만들어주겠다고
한다. 처음에는 어림도 없다던 손님♀가 견적서에 갈매
기 다섯 마리를 더 그려 넣는다.

新옵션 추가 ─　　√ **볼륨조절성대**　　　√ **피부색조절장치**

　　　　　　　　√ **도수조절수정체**　　√ **♤↔♀변환장치**

　　　　　　　　√ **업그레이드무료쿠폰 1장**

　그래도 화가 덜 풀렸는지 손님♀는 베이비스토어를 나
오면서 주인♤에게 한마디 더 쏘아붙인다.

　"앞으론 아기를 함부로 다루지 마세요."

　베이비스토어를 나오자 손님♀는 깔깔대며 웃기 시작
한다.

하늘에는 바코드를 붙인 갈매기 다섯 마리가 승리의 V 字를 그리면서 도심 위를 유유히 날고 있다.

897살 먹은 사내와 자판기월드

897살 먹은 사내가 자판기월드로 들어간다. 감시카메라의 렌즈가 그 사내를 따라 움직인다. 897살 먹은 사내는 자판기 1호 앞에 선다. 자판기 1호는 그 사내의 몸속에 있는 바코드를 읽는다. 897살 먹은 사내가 자판기 1호에 있는 몇 개의 버튼을 누른다. 그 사내는 업데이트된다. **정치·경제·사회·문화·교양**, 버튼의 수만큼 자동결제된다. 897살 먹은 사내가 자판기 2호로 간다. 자판기 2호는 그 사내의 건강상태를 체크한다. 모니터에 그 사내의 건강상태가 찍혀 나온다. …… **오른쪽눈알을 갈아 끼우십시오 그리고 위장의 기능이 약화되었으니 업그레이드를 하십시오** …… 그 사내는 오른쪽눈알버튼과 위장버튼을 누른다. 버튼의 수만큼 자동결제된다. 897살 먹은 사내가 자판기 3호로 간다. 자판기 3호는 그 사내의 정신상태를 체크한다. 모니터에 그 사내의 정신상태가 찍혀 나온다. …… **애국심과 준법정신이 53%로 위험수위에 있습니다** …… 그 사내는 버튼을 눌러 애국심과 준법정신을 91%까지 끌어올린다. 버튼의 수만큼, 끌어올린 %만큼 자동결제된다. 897살 먹은 사내가 자판기 4호로 간다. 자판기 4호는 그

사내가 누른 버튼의 수만큼, 끌어올린 %만큼 영양소를
공급한다. 모니터에 공급되는 영양소의 수치가 그려진
다. …… **단백질―OK 지방―OK 탄수화물―OK 비타민―
OK 무기염류― 잔액이 부족합니다 %를 낮추거나 취소버튼을
누르십시오** …… 그 사내는 취소버튼을 누르고 자판기월
드 중앙에 있는 고객용 의자에 앉는다. 그리고 주위를 둘
러본다.

　자판기 5호―바이오리듬이나 감정들을 체크·조절해드립니다
　자판기 6호―불필요한 기억들을 제거해드리거나 아름다운 추
억들을 심어드립니다(추억다량확보)
　자판기 7호―다양한 컬러로 피부색을 염색해드립니다(색상표
참조)
　자판기 8호―원하는 스타일의 애인이나 친구를 만들어드립니
다(아바타만들기이용)
　자판기 9호―신체부위에 필요한 특수기능장치들을 설치해드
립니다

>

897살 먹은 사내는 잔액부족으로 한 번도 가보지 못한 자판기들을 둘러보다가 자리에서 일어난다. 감시카메라의 렌즈가 멈췄다가 그 사내를 따라 다시 움직인다. 897살 먹은 사내가 자판기월드를 나가면서 혀를 차며 중얼거린다.

"이렇게 살 바엔 차라리 일찍 죽는 게 나아."

감시카메라가 민감한 반응을 일으키며 그 사내에게 벌금을 징수한다. 물론 자동결제된다.

아니,

인자는 내 애인의 이름이다. 아니, 인자는 디아블로 게
임의 내 캐릭터 이름이다. 인자는 지금 절망의 평원을 지
나 지옥망령들의 도시로 이동하고 있다. 활을 쏘며 온갖
몬스터들과 싸우고 있다. 아니, 인자는 지금 어느 공장외
벽 앞에 서있다. 벽을 긁거나 그림을 그리면서 벽화보수
공공근로를 하고 있다.

혹한에도 아랑곳없이 참꽃이 피었습니다.
혹한에도 아랑곳없이 은행잎이 돋았습니다.

인자는 추위와 공해에 시달리고 있다. 아니, 인자는 콜
드공격과 포이즌공격을 받고 있다. 움직임이 둔해지고
피가 독으로 물들어 줄어들고 있다. 인자는 몬스터들을
피해 피가 든 힐링포션(Healing Potions)을 먹는다. 아니,
인자는 행인들의 시선을 피해 피가 될 도시락을 먹는다.
인자의 배가 불러온다. 아니, 인자의 피가 차오른다. 인
자는 다시 몬스터들과 싸우기 위해 달려가고 있다. 아니,
인자는 다시 벽화보수공공근로를 하기 위해 벽을 향해

걸어가고 있다.

혹한에도 아랑곳없이 참꽃이 피었습니다.
혹한에도 아랑곳없이 은행잎이 돋았습니다.

인자는 작업도구를 챙기고 있다. 아니, 인자는 인벤토
리를 열어 아이템을 정리하고 있다. 레벨이 낮은 아이템
을 레벨이 높은 아이템으로 바꾸고 있다. 레벨이 오른 인
자가 레벨이 높아진 아이템으로 레벨이 더 높은 몬스터
들과 싸우기 위해 불길의 강으로 내려가고 있다. 아니,
동상에 걸린 인자가 페인트로 얼룩진 방한복을 입고 이
제 취미생들을 가르치기 위해 작업실로 이동하고 있다.

혹한에도 아랑곳없이 참꽃이 피었습니다.
혹한에도 아랑곳없이 은행잎이 돋았습니다.

인자는 그림을 가르치고 있다. 아니, 인자는 패시브와
매직스킬(Passive&Magic Skills)을 배우고 있다. 인자는

이제 디아블로와 싸우기 위해 생츄어리(Sanctuary)사원
안으로 들어간다. 아니, 인자는 이제 잠을 자기 위해 이
불 안으로 들어간다. 눕자마자 깊은 잠에 빠져든다. 아
니, 인자는 떼거리로 몰려드는 몬스터들의 공격을 받아
순식간에 죽고 만다. 오늘도 나는 인자의 시체를 보고 디
아블로 게임을 끝낸다. 아니, 오늘도 나는 인자의 그림자
조차 보지 못하고 하루를 보낸다. 아니, 오늘도 나는 하
루 종일 인자와 함께 지내면서 하루를 보낸다. 아니,

　　혹한에도 아랑곳없이 참꽃은 피었습니까?
　　혹한에도 아랑곳없이 은행잎은 돋았습니까?

환상수난곡

강동호 · 문학평론가

이곳은 겨울의 무덤가이다. "수정체를 뚫고 들어오는 계절은 침엽수만 살아남은 겨울, 겨울이다."(「망막일기」) 도처에서 쇠락한 풍경이 난만하고 적멸의 징조들이 음침하게 매복하고 있다. 오후의 태양은 빛을 잃었고(「인형의 방」) 밤의 달과 나무는 서로의 생기를 수혈하는 악무한의 반복 속에서 거듭 메말라간다(「달과 나무」).

　이처럼 여정이 열어놓은 시적 공간은 무대가 아니라, 차라리 하나의 거대한 관(棺)이다. 그 공간 안에서 시적 주체의 "살은 딱딱하게 굳어 벽이 되고 나는 벽 속에 갇혀 웅크"(「카멜레온」)리고 있다. 마치 "온몸으로 棺이 된 게의 살"(「게맛살」)처럼, 삶이란 것이 딱딱하게 굳어버린 생명의 살점들로 틀 지워진 무덤 속 관과 같다. 사방이 막혀버린 이 폐색(閉塞) 지대에서 여정의 시적 주체 '나'는 자유를 마음껏 구가할 수 있는 존재가 아니라 시간의 흐름이라는 저주스러운 순장(殉葬)을 견디는, "棺 속의 시체"
(「아버지께 감사를……」)에 가깝다. 그뿐인가. 온 방향에서
까마귀들의 불길한 여향(餘響)이 미만해 있고 죽음의 냄
새가 진동한다. 급기야 이곳에서는 생활의 소리("보일러
돌아가는 소리")마저도 "온갖 주검들의 울음소리"(「기름보
일러는 돌아가고」)로 들리고, 섭생의 대상들에서도 "시체
썩는 냄새"(「음식환상」)가 풍긴다.

  도대체 무엇이 한 인간을 이토록 철저한 절망의 어두운
구멍 속으로 밀어 넣은 것일까? '나'는 혹 무덤 속 삶이
죽음과 같은 것이라고 말하려는 것인가? 그럴 리 없다.
만약 그렇다면, 인간은 그 죽음의 질그릇 안에서 구태여
'죽음'의 이미지를 그리고, 삶을 연명하려는 동어반복의
노력을 기울일 필요가 없었을 것이다. 만약 그러했다면,
"차라리, 햇살이 내 살에 구멍을 뚫고", "서서히 죽어갈
수 있다면"(「어느 나뭇잎의 노래」)이라고 읊조리지도 않았
을 것이다. 그러니, 무덤 속이 온전히 죽음 그 자체만으로
가득할 수는 없다. 죽음은 절대적인 망각 속으로 걸어 들
어감으로써 마침내 얻어질 수 있는 공명 없는 적막의 평
정이니 말이다. 물론 죽음 그 자체가 '내'가 욕망하는 안
식의 정경이라는 사실을 부정할 수는 없지만, 그것이
'내' 말들이 직접적으로 전하고 싶은 전언의 전모라 할
수는 없을 것이다. 무엇보다 '나'라는 존재는 적막이 아

니라 말들의 사태가 빚어놓은 존재이지 않은가. 수신 가능성은 모든 말의 현존을 위해 요청되는 필요조건이다. 들리지 않는 말은 제 아무리 과거에 실제로 발성되었다고 하더라도 현존의 더께를 입을 수 없으며, 스러짐의 기척조차 감지되지 않은 채 완전히 무(無)의 평면에 속할 수밖에 없는 법이다. 하물며 시의 발화가 어떻게 죽음 그 자체와 함께 공공연히 침묵을 고지(固持)할 수 있겠는가? 그런데 시집으로 들어가는 초입의 문에서 우리는 이 모든 말들의 사태를 물리치기를 명령하는 어떤 기괴한 율법의 흔적을 목격하고 놀라게 된다. 첫 시를 보라.

혹자가 말하길, 입속은 자객들의 은신처란다. 그들이 즐겨 쓰는 무기는 '영혼을 베는 보검'으로 전해오는 자모의 검이란다. 을씨년스런 날이면 자객들은 검은 말을 타고 허허벌판을 가로질러 어느 심장을 향해 힘차게 달려간단다. 천지를 울리는 말 발굽소리, 어느 귓가에 닿으면 그들은 어김없이 이성의 칼집을 벗어던지고 자모의 검을 빼어 든단다. 바람을 가르는 소리, 한 영혼의 목을 뎅거덩 자르고 나면 자객들은 섬뜩한 미소로 조의금을 전하고 또 다른 심장을 향해 말 달려간단다. 그날에 귀머거리는 복 있을진저, 자객들의 불문율에 있는 '귀머거리의 목은 칠 수 없다'는 조항에 따름이라.

혹자가 말하길, 자모의 검에 찔린 사람들은 귀부터 썩어간단다. 귀가 썩고, 뇌가 썩고, 심장이 썩고, 썩고 썩어 생긴 가슴의 커다란 구멍으로 혹한기의 바람이 불어대고 수많은 까마귀 떼의 날갯짓이 장대비처럼 내린단다. 그 부리에 생살이 뜯기고 새하얀 뼈를 갉히며 그렇게 순식간에 사라져버린단다. 그날에 수다쟁이는 화 있을진저, 더 많은 까마귀 떼를 불러들임이라.

자객들의 말 발굽소리 요란한 날이면 너희들은 하던 일을 멈추고 두 손으로 귀부터 틀어막고 묵직한 바위 뒤에 숨어 최대한 몸을 낮춰라. 그리하면 자객들이 탄 검은 말들이 너희를 비켜가리니 자모의 검일망정 결코 너희를 害치 못하리라. 귀 있는 자들은 들어라. 이 말로 더불어 너희가 그날에 '복 받았다' 일컬음을 받을지니 부디 그날에 너희에게 복 있을진저, 혹자의 말이니라.

—「자모의 검」전문

이 섬뜩한 텍스트가 여정의 시를 대표하는 시적 골개와 언어적 양감을 고수한다고 볼 수는 없으나, 적어도 세계관의 주추와 존재태의 항배를 결정하는 유전 인자를 포함하고 있다고 말할 수는 있을 것 같다. 위 서시는 여정이 열어놓은 시적 공간의 개성을 이해하기 위해서라도 보다 세심하게 다뤄져야 하는데, 무엇보다 그것은 위 텍스트가 차지하는 특별하고도 예외적인 위상에서 비롯된다. 그 특

별성은 모든 서시가 대체적으로 공유할 수밖에 없는 관문으로서의 보편적 성격, 다시 말해 그것이 시적 언어들이 태어나는 시원의 자리로 읽힌다는 불가피함과 결부되지만, 그 예외성은 그 말들의 세계가 솟아나는 찰나에 동시적으로 작용하기 시작한 시인의 반항적 저의, 즉 태어남의 자리에서 말들의 태어남 자체를 물리치려는 시인의 괴의한 의지와 연결된다. 어떻게 그런가?

전승되는 이야기에 따르면 입속에는 '자모의 검'을 지닌 자객들이 은신하고 있으며, 이 검에 베이면 누구든지 "귀가 썩고, 뇌가 썩고, 심장이 썩"게 된다고 한다. 다만, 오직 "귀머거리"만이 그 저주를 피할 수 있으니, 귀 있는 자들은 "두 손으로 귀부터 틀어막고 묵직한 바위 뒤에 숨어 최대한 몸을 낮춰"서 자객의 칼날을 피해야 한다는 것이다.

이 불길한 징조와 진술들이 시집의 맨 앞에 놓여 있다는 것을 어떻게 이해할 수 있을까? 우선 이 시의 미학적 특질을 온전하게 이해하기 위해서는 텍스트에 스며들어 있는 비틀린 관습적 도상들에 주목할 필요가 있다. 이를테면 '검', '귀' 그리고 '혀' 등의 단어에서 우리는 기독교적 모티프와 그 인유의 흔적을 어렵지 않게 발견할 수 있다. 이것들은 본래 태초부터 면면히 전승되어온 신적 언어의 권능을 강조하기 위해 동원되었던 비유와 상징어들이다. 가령 '하나님의 말씀은 살았고 운동력이 있어 좌우에 날 선 어떤 검보다도 예리하여 혼과 영과 및 관절과

골수를 찔러 쪼개기까지 하며'(히브리서 4장 12절)와 같은 구절이나 '저희 혀는 날카로운 칼 같도다'(시편 57장 4절) 같은 증언들, 그리고 '들을 귀 있는 자들은 들어라'(마가복음 4장 9절) 등의 명령들은 위의 시적 발성 뒤편에서 배음처럼 흐르고 있는 원 텍스트의 잔향(殘響)이다. 그런데 위에서 그것들은 그와 같은 투명하고도 관습적인 비유를 위해 동원된 것이 아니다. 만약 자객들의 검이 패역(悖逆)과 같은 인간의 삶이 불러들인 신의 소추이자 징벌의 표적에 불과하다면, 위 시가 전하고 싶은 말은 진정 '말의 금지'일 수밖에 없다. 그렇다면 이 시집의 문은 시의 문이 아니라 열리는 동시에 닫혀버리는 문, 율법의 문이 될 수밖에 없다.

당연한 말이지만, 시는 신의 언어도 법의 언어도 될 수 없다. 오히려 그것은 법이 쳐놓은 저 높은 테두리를 안에서부터 괴저(壞疽)시키는 인간의 언어, 종양의 언어이다. 과연, 조금만 더 톺아보면 우리는 청자를 향하여 육박해 들어오는 저 강경한 시적 진술들의 진열(陣列)이 그 심층에서부터 미묘하게 균열을 일으키고 있음을 발견할 수 있을 것이다. 어떻게 그런가? 1연에서 3연으로 진행되는 과정에서 발생하는 발화 형식과 배치의 변모는 바로 그 조짐들을 암시하는 텍스트의 형식적 저항 요소들이자 내적 간극이다. 그러니까 간접화법('~란다')에서 직접화법으로 그 형태가 변해버린 "혹자의 말"은, 자연스럽게 우리로 하여금 마지막 3연에서 텍스트의 표면으로 더욱 노골적으로 부상하는 목소리의 기원이 어디인지를 묻게 만드는 효과를 지닌다. 그 말들은 어디에서부터 오며, 또 어디로 달려가는가? 그것은 의당 인간으로부터 오거나, 혹은 최소한 인간에 의해 전승되어 "귀 있는 자", 즉 인간들 보편에게 전해지는 말일 것이다. 그런데, 아뿔싸. 이렇게 말하는 순간 위 시는 이율배반의 함정에 빠져들게 된다. 이 시의 전언과 그것이 취하고 있는 포즈 사이에서 어떤 불편한 공존의 기운이 형성되기 때문이다. 그러니까 이 서시는 겉으로는 말에 대한 금제의 형식을 취함으로써 이말의 태어남 자체를 그 시원에서부터 봉인하는 것 같으나, 이미 그 내부에서는 부패의 과정을 감당하고 있다. '들을 귀 있는 자들은 들어라.' (마가복음 4장 9절) 이것이 신이라 일컬음을 받는 '사람의 아들'로부터 발성된 말, 그러니까 삶의 바깥에서 그 안쪽으로 간섭해 들어오는 신성한 칼이라 한다면, 위 시의 "귀 있는 자들은 들어라."라는 진술은 이미 현생에서 여러 차례의 굴절을 통해 떠돌고 있는, 실존의 맹독이 칠해져 있는 썩은 칼이라 할 수 있다. 어쨌거나, 인간은 살아 있는 한 저 자신의 말로는 절대 복받았다는 일컬음을 받지 못할 것이다. "너희에게 복 있을" "그날"을, 인간은 살아서는 절대 맞을 수 없으리라.

이후의 시편들에서는 이러한 부정적 세계 인식이 더 이

상 서시와 같은 방식으로 말해지지는 않는다. 다만 그 시원의 음조는 라이트모티프(Leitmotiv)처럼 시적 주체의 아주 구체적인 삶의 세목들에 매 순간 간섭하면서 특유의 환상적이고도 자폐적인 실존의 무늬로 거듭난다. 모든 대상들은 태어남의 순간부터 저 불가해한 시원의 질서에 결박될 수밖에 없다는 것, 그리하여 곰팡이처럼 온몸으로 번져버린 부패의 징후를, 그 수난의 과정을 견뎌야 한다는 불가피함이 거의 모든 시 텍스트의 심층에 음각되어 있다. 그렇게 시집은 돌연 불시착한 경비행기의 생존자("플랫폼에 경비행기 추락/ 나는 생존자", 「어머니와 경비행기」)의 낙망한 공간이 되어버린 것이다. 낭만주의 이래로 시인은 본래 천상으로부터 추방된 피 흘리는 성스러운 존재들이었다고 하지만, 그 피 흘림은 최소한 자신의 성스러움을 드러내는 징표가 될 수 있었다. 그러나 여정의 "피는 꽃처럼 피어나지 않는다. 그저 얼룩만 질 뿐, 비린내만 진동할 뿐"(「암치질이 밖으로 나오고 있었다」) 그에게는 낭만주의적 자기 치장의 수사로서의 피의 고통이 허용될 여지가 보이지 않는다.

그리하여 여정의 시적 주체가 보여주는 세계 인식은 세련되었다기보다는 극단적이고, 구성적이기보다는 파상적이다. "아버지 보셔요. 저 새 집 위에도 바람이 스치고 금이 가고 허물어지고 이곳은 물고기의 뱃속이거나 신의 몸속이거나 우리가 살고 있는 이 지구는 소화액에 녹아내리는 음식물이거나 신의 커다란 고환덩어리이거나 우리는 성염색체이거나 갖은 양념이거나 신의 몽정 속에서도 ×빠지게 뛰어야 하는 우리는 뛰어봤자 벼룩이거나 棺 속의 시체이거나"(「아버지께 감사를……」) 기껏해야 인간은 "신의 몽정"이라는 변덕스러운 우연에 휘둘려 이 세상에 던져졌거나, 결국은 감옥과 같은 신의 위장에서 절대자의 소화액에 의해 사멸하기를 기다리는 존재들이라는 것이다. 그러니 피투(被投)된 삶의 비극성으로 인하여 자기 모멸감이 "질긴 안개"처럼 떨쳐지지 않는다.

피노키오야, 피노키오야, 물고기 뱃속이 너무 어둡지 않니? 차라리 거짓말을 해버려. 어차피 뿌리 없는 날들. 네 코라도 키우렴. 거짓말은 네 코의 유일한 물과 양분. 어서어서 자라나 물고기의 살을 뚫고 밖으로 나오렴.

　　　　　　　　　　　　　　　　　—「네게 거짓말을 해봐?!」 부분

저는 아버지 피노키오와 어머니 거짓말 사이에서 태어난 목각인형이에요. 어머니는 오르가슴을 위해 아버지에게 계속 거짓말을 시켰고 총각인 아버지는 그게 사랑이라 믿으며 계속 몸을 허락했어요. 그러던 어느 날 아버지는 덜컥 임신을 해버렸고 어머니는 그런 아버지를 버리고 도망쳐버렸어요. 아버지의 코가 자꾸 길어졌어요. 부풀어 올랐어요. 만삭인 코를 거머쥐고 아버지는 홀로 산夫인과로 갔어요. 산夫인과 의

사는 회전톱을 돌렸고 저는 톱밥을 타고 싹둑싹둑 태어났어
요. 미혼부인 아버지는 장작더미 같은 저를 꼭 끌어안고 집으
로 돌아왔어요. 주위의 시선들이 화살이 되어 날아왔어요.
                                        ―「피노키오 2세의 자기진술서」 부분

초월자의 형벌이 삶의 의미를 밝혀주던 요나의 시대는
실로 복되도다. 반면 그 수난이 아무런 표적도 얻지 못하
는 이 시대는 불행하도다. 21세기 피노키오가 갇혀 있는
"물고기 뱃속은 너무 넓"고 "끝이 없"다. "어차피 뿌리 없
는 날들"에 "거짓말 사이에서 태어난 목각인형"들에 불과
한데, 이러한 거짓의 후손들에게 있어 형이상학적 언어
탐구나 언어의 구성적 운산 따위가 무슨 소용이란 말인
가. 서투른 기투(企投)마저도 허용되지 않는다. 그저 거짓
말을 "유일한 물과 양분"으로 삼아, 스스로의 언어적 육
체를 위악의 검으로 자해하는 길 외에는 별 도리가 없는
것이다. 그런데 그 위악이 단순한 원한 감정(resentiment)
의 테두리를 넘어 밀도 높은 절망의 단계에 당도할 수 있
었기에, 그것은 바야흐로 의미 없는 자해에 그치지 않고,
인간의 어떤 한계를 증언하는 시적인 언어가 되기에 이른
다. 검에 베인 상처가 번번이 덧나면서, 시의 언어는 기형
적으로 부풀어 오르기 시작한다. 가령 그 비대증은

    아버지깡통을 따고 아버지붕어빵을 뜯어먹다

야금야금 잘도 사라지는 울아버지붕어빵

난하얀붕어빵봉지난아버지깡통가방난아버지를밟고간코
끼리난납작납작찌그러뜨리는금형난야금야금울아버지붕어빵
을먹는난—내장은붕어빵바다내장은밀가루파도치는내장은
뼈꿈뼈꿈울아버지뼈꿈뼈꿈내장은

—「아버지 가방에 들어가신 날」 부분

에라모르겠다여자가꼬시길래여관에가서목욕이나할생각으
로하룻밤, 남자가꼬시길래또여관에가서목욕이나할생각으로또
하룻밤, 나는여자를만나면남자가되고남자를만나면여자가되고
남자여자어느쪽을만나도목욕모곡모ㄱ욕이생각나고, 선인장에
난가시를가시에찔린선인장이라불러보고, 비오듯쏟아지는화살
을맞고쓰러지기일보직전의장수라불러보고, 헉헉댄다

—「가끔 머리를 묶는다」 부분

에서 볼 수 있는 것처럼 의미론적 통일성이 붕괴된, 기
표들의 환유적 연속체로 현상되거나

자판기 5호—바이오리듬이나 감정들을 체크·조절해드립
니다
자판기 6호—불필요한 기억들을 제거해드리거나 아름다운
추억들을 심어드립니다(추억다량확보)

자판기 7호—다양한 컬러로 피부색을 염색해드립니다(색
상표참조)

자판기 8호—원하는 스타일의 애인이나 친구를 만들어드
립니다(아바타만들기이용)

자판기 9호—신체부위에 필요한 특수기능장치들을 설치해
드립니다

—「897살 먹은 사내와 자판기 월드」 부분

‖우는 백마 탄 왕자님을 기다리고 있었는지도 모른다‖우
를 스쳐가는 혹은 스쳐간 남자들은 모두‖얼룩말을 탄 ♂이거
나 숫자들에 끌려다니는 줄무늬 옷을 입은 ♂들뿐‖우의 눈이
밝아지면 밝아질수록 우의 망막에 쌓여가는 줄무늬들‖우를
가두고‖우는 줄무늬로 세상을 가두고‖비는 계속 내리는데‖
젖지 않는 사람들‖철판 위에서 뼈 없는 닭갈비를 먹으며 뼈
없는 얘기들을 뱉어내는데‖백마 탄 왕자님이 지나갔는지도
모른다‖얼룩말을 탄 ♂들과 숫자들에 끌려다니는 줄무늬 옷
을 입은 ♂들에 뒤섞여‖줄무늬 ♂가 되었는지도‖

—「바코드機우를 위한 랩소디」 부분

과 같은 현대 문명의 관습적 아이콘들의 해체적 조감도
로 나타난다. 특히 4부에 집중적으로 배치되어 있는 문자
적 해골들, 이를테면 「21C 콜로세움」, 「케이블 가이」,
「ACE침대 위의 ♂우」, 「콘센트우의 하루」 등은 언어의 기

형적 자태들이 어떻게 현대 문명의 인간학적 병폐와 공명할 수 있는지를 이상(李箱)의 분열증적 음조를 통해 여실히 보여주고 있다.

그러나 잊지 말아야 할 것이 있다. 이와 같은 여정의 그로테스크한 시편들이 단순히 형식 파괴와 언어적 실험의 일환으로 동원된 것은 아니라는 사실 말이다. 『벌레 11호』라는 다소 모던한 표지와 달리, 여정의 시를 그 기층에서부터 움직이게 하는 것은 앞서 살펴본 것처럼 살아 있음으로 인해 비롯되는 자기 모멸감이다. 그리고 그 모멸은 삶의 아주 구체적인 세목들로부터 얻어질 수밖에 없는 것들이다. 그러니 이상의 언어가 목표가 아니라 순수한 도구적 형식으로 기능하는 것은, 어찌 보면 당연하다. 다시 말해 단순히 언어에 대한 유희적 향락을 느끼기 위해 이상에 대한 패러디나 혼성모방이 감행된 것이 아니다. 이상으로부터 남겨진 그 형해와 같은 시적 유산들은 여정의 시 텍스트에서 외화된 풍경으로 펼쳐져 있는 것이 아니라, 일종의 낙서화의 형식으로 언어의 실존에 새겨져 있다.

그처럼 살아 있음으로 인해 견뎌야 하는 모멸의 시간들을 이 시집은 음산하게 영사시키고 있다. 자신을 베고 찌르고 부수는 행위들로 인해 마침내 병든 말들은 깨지고 부서져서 작은 조각들이 된다. 여정은 그 경험과 언어의 파편들을 때로는 무의미하게 부표(浮漂)시키고, 어떤 경우에 있어서는 새로운 차원의 환상적 공간을 조립하기 위한 재료로 동원시킨다. 그 환상 속에서 시적 화자의 영락(零落)한 실존이 미약하게, 그러나 한없이 꿈틀거린다.

 半지하방에서 꿈틀댄다. 12시를 향해 기어가는 시침 위에서 꿈틀댄다. 꿈틀대자마자 결핵약을 먹는다. 10개의 환약들이 식도를 타고 꿈틀댄다. 나는 10개의 환약들에 끌려다닌다. 수정체를 뚫고 급습하는 벌레 1호, 실내화를 신은 발로 밟아 죽인다. 책상 위를 기어 다니는 벌레 2호, 책상 위에 놓인 『죽음의 한 研究』를 번쩍 들어 쳐 죽인다. 벌레 3호는 볼펜심으로 콕 찍어 죽인다. 벌레의 주검 앞에 냉소를 던진다. 입안에서 「헌화가(獻花歌)」가 꿈틀댄다. 철쭉꽃이 피어난다. 참꽃이 아닌 그 개꽃이 피어난다.

 밥그릇에 담겨 꿈틀댄다. 밥알들이 꿈틀꿈틀꿈틀꿈틀꿈틀꿈틀꿈틀꿈틀꿈틀댄다. 식탁 위를 달려가는 벌레 4호, 입안에 든 숟가락을 번개같이 빼내어 쳐 죽인다. 오물오물 씹히는 밥알들이 벌레 4호 같다. 콩나물이 꿈틀댄다. 파김치가 꿈틀댄다. 그 사이로 지나가는 벌레 5호, 젓가락으로 집어 들어 그 사이에 끼워 죽인다. 벽이 꿈틀댄다. 의자가 꿈틀댄다. 가만히 방바닥에 드러눕는다. 방바닥에 가만히 있던 벌레 6호, 드러눕는 등짝에 짓눌린다. 나도 몰래 죽인다. 살갗 위를 기어 다니는 벌레 7호, 8호, 9호, 이리저리 뒤척이며 꾹, 꾹, 꾹, 눌러 죽인다. 천장이 꿈틀댄다. 몇 켤레 구두가 내 머리 위에서 꿈틀꿈틀꿈틀꿈틀꿈틀꿈틀꿈틀꿈틀꿈틀댄다.

벌레 10호, 잠을 뚫고 들어와 꿈속을 기어 다닌다. 투명한
재떨이를 들어 가만히 얹어놓는다. 서서히 죽인다. 죽은 벌레
10호를 재떨이에 담아 한 번 더 태워 죽인다. 꿈속에서도 꿈
틀댄다.

—「벌레 11호」 전문

환상 속에 그대가 있다. 시적 환상은 으레 시적 화자의
부정적 현실에 대한 대안적 세상으로, 혹은 도피할 세계
에 대한 주관적 해찰의 기미로 여겨지기 마련인데, 어찌
된 일인지 눈앞에서 펼쳐지는 저 그로테스크한 환몽은 시
적 주체의 탈출에 대한 소망이나 자기 소외의 발로로 읽
히지 않는다. 그러니까, 여정의 환상은 초월이나 탈주의
공간을 열어놓지 못하고, 거꾸로 시적 주체인 나를 어떤
기이한 유폐의 공간 속에 영원히 가둬버린다. 이로써 환
상과 삶의 통로가 하나로 연결된 상태, 그러니까 환상이
이미 현실과 다를 바 없는 지경에 이르면서, 실재의 카타
콤이 구성된다. 실로 그가 만들어내는 언어적 환상의 장
악력은 좀처럼 예외가 없어서, 환상은 어느새 실재와 동
격화될 수 있는 "막다른 골목"(「깡패, 정의의 사자, 막다른
골목, 그리고 I」)이자, 망가진 꿈과 같은 단계에 이르는 것
이다. "꿈틀꿈틀꿈틀꿈틀꿈틀꿈틀꿈틀." 그
리하여 이 문자의 외양과 그것이 일으키는 음향은 이 작

은 골방을 가득 채우면서 시적 화자를 시종일관 고통스럽게 만든다. 끊임없이 되살아나는 저 벌레의 무리들을 강박증자처럼 계속 죽여나가나, 아마도 그 벌레들은 죽어서도 끝내 사라지지 않을 것이다. (이 환상 속에서 이미 자기 자신이 하나의 거대한 벌레 11호이지 않은가.) 그리하여 벌레를 죽이는 행동은 마치 죽음충동(프로이트)처럼 자신에 대한 살해와 부활의 기약 없는 악무한적 운명을 되풀이하는 것이다.

그렇다면 이 환상은 그야말로 화자의 실존을 계속해서 침식하는, 끝나지 않는 병이 아닌가? "이 병은 인간의 가장 귀중한 부분을 침식한다. 그런데도 이 병에 걸려 있는 사람은 죽을 수가 없는 것이다. 절망이라는 병에서는, 죽음은 병의 종국이 아니라 오히려 끝남이 없는 종국이다. 죽음에 의해 이 병으로부터 구제되는 것은 불가능하다." (『죽음에 이르는 병』, 키에르케고르) 그렇게, 죽음의 환상은 시적 주체에게는 삶의 끝이 아니라, 어느새 생활의 시작이라 할 수 있는 것이다. 그리고 그가 펼쳐놓는 현생의 풍경은 이처럼 죽음의 풍경일 수밖에 별 도리가 없는 것이다. 아니, 더 정확히 말하면 죽음 '직전'의 풍경이라 해야겠다. 그런데, 그 '직전'의 삶이 그토록 길기만 하다.

모자 속의 겨울은 너무 길다.

겨울 입구 — 말라깽이가 된 태양이 시퍼런 하늘에 누워 있다. 바람의 호스를 따라 항암제가 흐른다. 머리칼이 몽땅 빠진 나무가 사지를 비틀며 별을 바라본다. 별은 너무 멀리 있다. 까마귀 떼가 몰려와서 가지 위에 내려앉는다. 가지는 무거워 몸을 축 늘어뜨린다. 어머니의 눈 속에서 노을이 붉어진다. 붉은 노을 사이로 한 여자가 걸어간다. 그녀의 몸은 반쪽이다. 반쪽은 무덤가에 있다. 별이 먹구름에 가려진다.

　겨울—벽 벽 벽 벽. 벽이 솟는다. 나무의 키가 점점 줄어든다. 비둘기들도 나무를 외면하고 건물 위에 둥지를 튼다. 다리가 무너진다. 세상 소식이 끊긴다. 길들이 얼어붙는다. 얼어붙은 길 위에 눈사람 하나 놓여 있다. 코도 삐뚤 입도 삐뚤 눈도 삐뚤 삐뚤인 인생이 하나 놓여 있다. 어머니는 두 눈 속으로 나무를 옮겨 심는다. 나무 위에 따스한 햇살이 내린다. 하늘보다 더 푸른 웃음이 쌓여간다.

　겨울 출구—목련의 하얀 힘줄이 불거진다. 봄이 하얗게 오려다 주춤주춤 허물어진다. 허물어지는 은박 사이로 즉석복권의 행운숫자가 빗나간다. 굵은 햇살이 눈사람의 살을 긁어댄다. 하얀 살에서 투명한 피가 솟는다. 나는 눈사람을 커다란 냉동실에 집어넣는다.

　모자 밖의 계절은 지칠 줄 모르고 달려간다. 네 명의 주자가 바통을 주고받으며 여전히 트랙을 돌고 있다.

—「모자 속의 산책」전문

"겨울은 너무 길다." 이 시에서는 죽음의 뉘앙스를 가득 머금고 있는 비극적인 겨울 풍경이 전경화되어 있다. "말라깽이가 된 태양이 시퍼런 하늘에 누워 있"고 "바람의 호스를 따라 항암제가 흐"르는 등 나의 눈앞에 새겨져 있는 생의 무늬들은 이토록 괴롭고 고통스럽기만 하다. "모자 밖의 계절은 지칠 줄 모르고" 생의 순환을 거듭하는데, 모자 속은 내내 죽음으로 건너가기 직전의 실존적 아픔으로 미만해 있다.

그런데 왜 하필 '모자' 일까? 여러 가지 대답이 가능할 법하다. 우선 그것은 눈동자(眸子)이다. 그렇다면 그것은 우선 외부의 풍경이 관념의 내부로 잠입해 들어오면서 어떤 자폐의 파노라마를 열어놓았다는 뜻으로 이해될 수 있다. 둘째로 그것은 눈(眸)사람(者)이다. "나는 눈사람을 커다란 냉동실에 집어넣는다." 그렇다면 그것은 시적 화자와 반향하는 객관적 상관물로서, 나의 처지와 의지를 동시에 비추어주는 대상이다. 역설적이게도 겨울은 나에게 실존의 아픔을 안겨주는 계절이지만, 그 계절 속에서만 나는 온전하게 삶을 거듭할 수 있다. 그럴 때, 시인에게 삶은 죽음과 직접적으로 등치될 수 있는 것이 아니라 죽음 아래에 짓눌려 있는 자기 박해의 시간으로 변모한다. 셋째로 그것은 모자(母慈)이다. 모성성은 서사적인 측면에서 볼 때 여정 시 전반에 있어 중요한 의미론적 핵으로 기능한다. "어머니는 두 눈 속으로 나무를 옮겨 심는다. 나무 위에 따스한 햇살이 내린다." 이때의 어머니는 『남해 금산』(이성복, 문학과지성사, 1986)에서 이성복의 어머니와 유사한 위치를 차지한다. 그것은 김현의 날카로운 해석처럼 "화자 나의 죽음을 막는 사람"이다. 차이가 있다면, 이성복의 어머니가 "내 치욕을 대신 앓"으면서 나의 죽음을 막고 있는 반면, 여정의 어머니는 나의 병을 대신 앓으면서 나의 신산한 삶을 지속할 수 있도록 만든다. "누렇게 뜬 얼굴로 긴 밤을 지새우는 달, 달달 떨며 야위어가는 나무를 바라보다 …… 수혈한다 …… 나무엔 혈색이 돌고 푸른 웃음이 도는데, 달은 야위어가고"(「달과 나무」) 물론 이 모성의 자리, 그 "늘어진 세월 끝"(「늙은 방」)에서 내가 영원한 평안과 휴식을 얻을 수는 없을 것이다. 그 안식이 나와 타자의 고통을 동반하는 길이라는 것을 알기에, 그리고 그것이 서로의 모진 생을 함께 야위게 하는 길임을 알기에, 나는 "늘 문 앞에서만 서성"인다.

　태양이 빛을 잃었다. 달은 너무 멀리 있다. 짐승들이 비린 내장을 들어내고 부드러운 솜털로 속을 채웠다. 나무들은 광합성을 하지 않고도 살아남는 법을 배웠다. 굳은 열매들이 그 가지 끝에 매달렸다. 사람들은 인형이 되어 낙엽처럼 나뒹굴고 있었다.

  밤이 와도 달은 먹구름 속에만 갇혀 있었다. 노란 비명조차
새어나지 않았다. 인형들이 어둠을 타고 내 방으로 숨어들었
다. 발자국마저 부드러운 소리를 냈다. 나는 방 한구석에 헝겊
뭉치처럼 버려져 있었다. 인형들이 몰려와 내 살을 찢어댔다.

  인형들이 내 피를 뽑아내고 내장을 들어냈다. 성대를 울리
던 비명마저 입안에서 딱딱하게 굳어버렸다. 내 방은 비린 냄
새로 가득 찼고 내 속은 솜털로 가득 찼다. 나는 인형들의 인
형이 되어 가벼워진 몸으로 누워 있다. 일으켜 세우면 눈을
뜨고 누이면 눈을 감는 내 어린 날의 그 플라스틱 인형처럼
언제나 미소를 머금고 있다.

  내 눈꺼풀이 걷히는 밤이면 굳은 달이 노란 비명을 토해낸
다. 달은 빛을 내지 못하고 비명은 노란 헝겊에 갇혀 굳어 있
다. 나는 빛 한 점 새어들지 않는 혹은 새어나지 않는 방에 서
있다. 그래도 미소만은 잃지 않는다.

                                    —「인형의 방」 전문

  인형의 미소는 어디를 향하는가. 그 미소는 어느 곳도
바라보지 못하는, 방향 잃은 미소일 것이다. "나무들은 광
합성을 하지 않고도 살아남는 법을 배웠다." 이것은 그야

142

말로 내가 삶을 살아내는 방법에 다름 아니다. 육체의 광합성 없이, 정신의 신진대사 없이, 그러니까 거의 죽어가는 상태로 사는 법을 배우는 중이다. 저 쇠잔한 정신의 소유자는 "빛 한 점 새어들지 않는 혹은 새어나지 않는 방"을 차지하고 있다. 그 공간은 앞서 말한 것처럼, 관(棺)이다. 그런데, 웬일인지 나는 그 관 속에서 저 마지막 삶의 문턱을 차마 넘지 못한다.

달아 나다. 네 옆에 있는 어둠이다. 달아 나다. 너를 키워낸 엄마다. 자궁 속은 늘 어두운 법, 그 법 속에 우리가 산다. 산다는 건 어쩌면 뿌연 안개 속에서 달아날 구멍을 찾는 것, 구멍은 늘 무덤 가까이 있다. 탈출자의 명단이 거기 새겨져 있다. 달아, 나 오늘 탈출자의 뒤를 밟아봤다. 어둠에 젖은 길을 지나 안개 속을 헤집고, 쏙 사라져버린 그 넓은 보폭과 그 빠른 걸음에 매달려봤다. 하지만,

달아 나다. 네 옆에 있는 헛수고다. 탈출자가 벗어놓은 가죽옷을 들고 울고 있는 네 탯줄이다. 새까만 네 양분이다. 탈출자는 항상 우리 반대편에 서서 언제나 밝고 자유롭다. 가죽옷과 함께 배꼽을 두고 간 그들이 나비처럼 너울대고 너울꽃이 된다. 너울꽃은 고아 아닌 고아다. 그 고아는 방실 웃으며 방실내를 풍긴다. 하지만 벽 하나,

달아 나다. 여기는 어둠의 쇼윈도다. 너는 노오란 백열등이다. 너는 밤마다 노오란 울음을 터뜨리며 내 자궁 속에서 디스플레이된다. 네 노오란 울음도 어쩌면 디스플레이다. 어쨌든 너는 내 아기, 내 희망, 내 구멍이다. 내 어둠의 옷을 무덤 옆에 벗어두고 달아날 그 구멍, 그 구멍으로 비쳐드는 세상이 밝게 흔들리고 있다.

—「달아나다」 전문

과연 그의 말처럼 저 달을 통해 넝마와 같은 삶으로부터 달아나기를 선택할 수도 있었을 것이다. "산다는 건 어쩌면 뿌연 안개 속에서 달아날 구멍을 찾는 것"이고 "구멍은 늘 무덤 가까이 있"는 것이니 말이다. 여정의 시에서 자주 등장하는 '달', '구멍' 등의 원시적 이미지들은 이 지리멸렬한 세상에서 탈출할 수 있는 유일한 비약의 통로를 상징한다. 그런데 죽음을 상징하던 그간의 관습적 지시성에 혼란이 일어나면서 위 이미지들은 시적인 역동성을 확보하게 된다. 아니, 더 정확히 말하면 그 역동성은 똑같은 관습적 비유 체계 속에서 사실상 정반대로 도출되는 이미지들의 의미론적 서사 구조에 의해서 지탱된다. 하여 위 텍스트에서 달은 여전히 죽음을 가리키고 있지만, 이 죽음은 여정의 시적 프리즘을 통과하는 과정에서 역으로 궁극의 삶이라는 의미를 입게 된다. 그리하여 삶은 어둠이고, 죽음은 삶이 잉태하는 피붙이라 말할 수 있

는 것이다. 현세와 내세가 교차하는 저 통로의 명암 앞에
서 죽음은 삶의 유일한 희망으로 밝게 빛나고 있다. 거죽
과 같은 존재의 옷을 벗고("탈출자가 벗어놓은 가죽옷") 달
로의 비약을 감행하는 순간에 이르러 나에게는 "언제나
밝고 자유"로운 내생(來生)의 복된 삶이 도래할 것이다.

 "하지만" 그 꿈과 희원은 끝내 이뤄지지 않는다. 그 마
지막 희망의 절정에서 나는 끝내 세상 안으로 반사되면서
더욱 깊은 비애의 늪 속으로 빠져버린다. 시적 주체는 여
전히 저 죽음의 빛을 잉태하고 있는 자궁 속 어둠에 묻혀
있다. 이것이 그의 가장 뿌리 깊은 절망의 원천이다. 죽음
에서 삶의 편으로 선회하려는 순간, 죽음만이 유일한 희
망이라는 사실을 재차 거부할 수 없기에, 달은 "어쨌든 너
는 내 아기, 내 희망, 내 구멍"인 것이다. 그런데도, "그 구
멍으로 비쳐드는 세상이 밝게 흔들리고 있"는데도 죽음에
이르는 길이 어느새 막혀버렸기에, 혹은 앞으로도 막혀
있을 것이기에, 나는 저 흔들리는 달빛 아래에서 속수무
책일 수밖에 없다. 살아 있다는 사실의 비극성을 더욱 부
각시키는 저 환한 달빛 아래에서 시인은 가장 깊은 절망,
실존의 병마에 시달리는 중이다.

 죽음에 이르는 병. 시인에게 병이 있다면, 그것은 죽음
에 이르게 하나 결코 죽음을 통해서 끝낼 수 있는 종류는
아닐 것이다. 물론 그 병은 죽음의 기운을 동반하고, 그를
급기야는 실존의 가사(假死) 상태 직전까지 몰고 갈지도

모른다. 하지만 그 병으로 인해 그가 걸어야 할 여정은 죽음 그 자체가 아니라 죽음까지 '이르는' 지리멸렬한 현생의 길일 수밖에 없다. 그가 그 길을 걷기 시작할 때 그가 거주하고 있는 관(棺)은 비로소 일종의 통로(管)가 될 것이다. "시체, 시체, 시체, 내 뼈와 살은 물소리에 점점 가루가 되어 흘러가고 내 뇌는 그런 내 뼈와 살에서 온갖 동식물의 주검들을 되살리며 관을 따라 잘도 돌아가고 있다."(「기름보일러는 돌아가고」) 그리하여 그 텍스트의 관(管)은 저 자신의 몸속에서 흐르는 삶을 죽음의 음악으로 부활시키는 절망의 악기(管)가 될 것이다.("나는 온몸으로 노래한다. 하지만 광합성을 할 수 없는 나", 「카멜레온」)

이러한 수난이 비참한 현대를 살아가는 시인 된 자들의 보편적 운명이라지만, 그 참혹함이 이토록 가혹하게 초월의 기미까지도 거부할 수 있단 말인가. 이것이 정녕 언어로 십자가를 지어야 하는 이들의 삶이란 말인가. 그들의 하늘에서는 "아직도 피가 내리"(「⋯⋯⟨레드 바이올린⟩을 되감으며」)고, '노란 비명'이 터지고 있다. 스스로를 그토록 못 박고 상처 내면서까지, 언어의 십자가 위에서 죽음의 언어를 거듭하면서까지 삶을 연명해야 하는 것이라면 그 환상의 십자가에 붙박여 있는 그의 몸을 끌어내리고 싶다. 그러나 이렇게까지 말했음에도 불구하고 나의 언어는 여전히 시인의 수난을 온전하게 체험하지 못한다. 그의 통증을 짐작하기에 나는 지나치게 강건하다. 그의 불행을 알지 못한다는 사실, 그것이 나의 다행이다. 그렇기에, 이 편안한 날들 가운데 핏자국처럼 남겨진 그의 언어를 읽는 나의 행위는 무기력하기만 하다. 오독으로 점철된 이 조악한 글로 인해, 내 현생의 썩은 칼이 그를 거듭 베고 찌르고 해할까 봐 겁이 난다. 그 두려움으로 인해 내 생은 앞으로 한동안은 정처 없을 것이며, 나는 그의 말을 회피하고자 바위 뒤에 숨어서 영원히 귀 막고 있을 것이다. 그 회피로 내 생은 적어도 겉으로는 복 받았다 일컬음 받을지는 모르겠으나, 속으로는 어느새 안개처럼 매복하고 있는 병의 기척을 알지 못하고, 또 막지 못해서 끝내, 영원히 귀먹을 것이다. 아, 그것이, 나의 불행이다.

문예중앙시선 002

벌레 11호

초판 1쇄 발행 | 2011년 2월 28일

지은이 | 여정
발행인 | 김우석
편집장 | 원미선
책임편집 | 박민주
편집 | 박성근
마케팅 | 공태훈, 김동현, 석평자

디자인 | 오필민디자인
인쇄 | 동양인쇄

발행처 | 중앙북스(주)
등록 | 2007년 2월 13일 (제2-4561호)
주소 | (100-732) 서울시 중구 순화동 2-6번지
전화 | 1588-0950
홈페이지 | www.joongangbooks.co.kr

ISBN 978-89-278-0190-0 03810